新日檢試驗 N1 絕對合格

試題本

全MP3音檔下載導向頁面

http://www.booknews.com.tw/mp3/121240006-10.htm

iOS系請升級至iOS 13後再行下載
全書音檔為大型檔案，建議使用WIFI連線下載，以免占用流量，
並確認連線狀況，以利下載順暢。

もくじ
目錄

QR碼使用說明

N1_Listening_
Test01.mp3

每回測驗在聽解的首頁右上方都有一個QR碼，掃瞄後便可開始聆聽試題進行測驗。使用全書下載之讀者可依下方的檔名找到該回聽解試題音檔，在播放後即可開始進行測驗。

合格模試　第1回　　　　　　　　　　　　　　　　　　　　　　　　問題用紙

N1

言語知識（文字・語彙・文法）・読解

（110分）

注　　意
Notes

1. 試験が始まるまで、この問題用紙を開けないでください。
   Do not open this question booklet until the test begins.

2. この問題用紙を持って帰ることはできません。
   Do not take this question booklet with you after the test.

3. 受験番号と名前を下の欄に、受験票と同じように書いてください。
   Write your examinee registration number and name clearly in each box below as written on your test voucher.

4. この問題用紙は、全部で30ページあります。
   This question booklet has 30 pages.

5. 問題には解答番号の 1 、 2 、 3 … が付いています。
   解答は、解答用紙にある同じ番号のところにマークしてください。
   One of the row numbers 1 , 2 , 3 … is given for each question. Mark your answer in the same row of the answer sheet.

受験番号　Examinee Registration Number	

名前　Name	

問題1　＿＿＿の言葉の読み方として最もよいものを、1・2・3・4から一つ選びなさい。

1　議長は、参加者に発言を促した。

1　うながした　　2　そくした　　3　つぶした　　4　おかした

2　今年の夏は様々な種類の種の発芽が見られて、嬉しい限りだ。

1　はっぱ　　2　はつが　　3　はつめ　　4　はっけ

3　彼は、冬のオリンピックで新記録を樹立した。

1　じゅだて　　2　じゅりつ　　3　きたて　　4　きりつ

4　被害者たちは、集団で訴訟を起こした。

1　ししょう　　2　そしょう　　3　ししょ　　4　そしょ

5　抽選で1名様に、有名リゾートの宿泊券が当たります。

1　ゆうせい　　2　ゆうせん　　3　ちゅうせい　　4　ちゅうせん

6　近所に住む女の子は、私を本当の姉のように慕ってくれる。

1　したって　　2　かざって　　3　うたって　　4　はかって

問題２　（　　　）に入れるのに最もよいものを、１・２・３・４から一つ選びなさい。

7 町ではリサイクル運動を（　　　）しようという動きがある。

1　推測　　2　推進　　3　推考　　4　推移

8 好きなアイドルがグループから（　　　）した。

1　脱退　　2　脱出　　3　撤退　　4　撤収

9 幼い子供の虐待問題には、胸が（　　　）。

1　痛む　　2　打つ　　3　傾ける　　4　引っ張る

10 血液型性格判断は、科学的な（　　　）からすると、誤りらしい。

1　見積　　2　見識　　3　見当　　4　見地

11 この辺りは（　　　）が多く道幅も狭いから、特に気をつけて運転したほうがいい。

1　カーブ　　2　スペース　　3　セーフ　　4　スピード

12 その漫画は人気がなくて、すぐに（　　　）になった。

1　打ち消し　　2　打ち上げ　　3　打ち切り　　4　打ち取り

13（　　　）仕事が終わったので、今日は残業せずに帰ります。

1　まったく　　2　しばしば　　3　あらかた　　4　たいてい

問題3　＿＿＿の言葉に意味が最も近いものを、1・2・3・4から一つ選びなさい。

14 留学のための手続きやら荷造りやらで、近頃は何かとせわしない。

1　面倒くさい　　2　緊張している　　3　急いでいる　　4　忙しい

15 災害から3か月が経ったが、復旧するのに時間がかかっている。

1　もとにもどる　　2　悪くなる　　3　手助けする　　4　古くなる

16 私はシンプルなデザインの服が好きだ。

1　単純な　　2　派手な　　3　正式な　　4　高度な

17 彼女は自分が美人だとうぬぼれている。

1　思い悩んで　　2　思い余って　　3　思い込んで　　4　思い上がって

18 学生時代には、友達とちょくちょく温泉旅行に行った。

1　いつも　　2　たいてい　　3　よく　　4　たまに

19 この授業に参加する学生には、ありふれた意見は求めていない。

1　貴重な　　2　平凡な　　3　不思議な　　4　特徴的な

問題4　次の言葉の使い方として最もよいものを、1・2・3・4から一つ選びなさい。

20 無口

1　田口(たぐち)さんは普段は無口ですが、サッカーのことになるとよく話します。

2　あの時話したことは他の人に知られたくないので、絶対に無口にしてくださいね。

3　今、ダイエット中なので、甘い物は無口にするように気をつけています。

4　演奏中は無口になっていただくよう、お願いいたします。

21 以降

1　平日は仕事がありますので、休日以降は時間が取れそうにありません。

2　この仕事を始めて、かれこれ10年以降になる。

3　私の寮では、22時以降の外出は禁止されている。

4　60点以降は不合格になりますから、しっかり勉強してください。

22 ささやか

1　外はささやかな雨が降っているようだが、長靴をはくほどではなさそうだ。

2　子供が起きてしまうので、ささやかな声で話してください。

3　ささやかですが、こちらお祝いの品物です。どうぞ。

4　老後は都会ではなく、ささやかな町で暮らしたい。

23 禁物

1　恐れ入りますが、会場内でのご飲食は禁物されています。

2　成績が上がってきたとはいえ、試験に合格するまで油断は禁物だ。

3　森田(もりた)さんはまじめなので、決して禁物をしない。

4　空港内の手荷物検査で禁物と判断され、その場で処分された。

24 息抜き

1　仕事ばかりしていないで、たまには息抜きしましょう。

2　夕方になって、涼しい風が森の中を息抜きしていった。

3　山で遭難した男性が、ついに息抜きの状態で発見された。

4　失業してからというもの、気がつくと息抜きばかりついている。

25 飲み込む

1　そんなにたくさん書類を飲み込むと、かばんが壊れますよ。

2　飲み込みで営業をしても、効果がなかなか上がらない。

3　大学院生のとき、毎日研究に飲み込んでいて、遊ぶ時間なんてほとんどなかった。

4　さすが、若い人は仕事の飲み込みが早いね。

問題5　次の文の（　　　）に入れるのに最もよいものを、1・2・3・4から一つ選びなさい。

26 自転車に乗りながらスマホを操作するのは、危険（　　　）。見ているとヒヤヒヤするよ。

1　に限る　　2　でたまらない　　3　極まりない　　4　を禁じ得ない

27 （インタビューで）

聞き手「すばらしいホームランでした！」

大谷（おおたに）「チームの勝利に貢献できてよかったです。お客さんにも喜んでいただけたし。プロのスポーツ選手で（　　　）、ファンに最高のパフォーマンスを見せるべきだと思っています。」

1　あるとしても　　2　あるものなら　　3　あるべく　　4　あるからには

28 X自動車によるリコール隠しは、品質管理部長が独断で行ったのではなく、（　　　）によるものと見られている。

1　組織上　　2　組織ぐるみ　　3　組織ずくめ　　4　組織まみれ

29 A社の新型パソコンを購入しようと、多くの客が発売日前日の夕方から長い列を作って並んでいた。翌朝、開店する（　　　）、あっという間に売り切れてしまった。

1　と思いきや　　2　ものの　　3　や否や　　4　とあって

30 田中（たなか）「課長、こちらがX社から提案された資料です。」

山下（やました）「うーん、これだけじゃ（　　　）よ。もっと根拠のあるデータを見せてもらわないと。」

1　信頼するにかたくない　　2　信頼するに越したことはない

3　信頼するにほかならない　　4　信頼するに足りない

31 （講演会で）

来週の講演会では「地域での子育て」をテーマに、斉藤（さいとう）先生にお話ししていただきます。皆さまのご来場を心より（　　　）。

1　お待ちになっております　　2　お待ちしております

3　お待ち申します　　4　お待ち差し上げます

32 由美（ゆみ）「あのドイツの車、かっこいいよね。あんな車に乗って海岸をドライブしたいな。」

幸平（こうへい）「確かにいい車には乗りたいけど、借金（　　　）買おうとは思わないよ。」

1　するほど　　2　からして　　3　してまで　　4　する限り

33 世界屈指の指揮者の指導のもと、そのオーケストラは東京（　　　）、海外の複数の都市でもコンサートを予定している。世界中の客を魅了すること間違いなしだ。

1　を通して　　2　はさておき　　3　はおろか　　4　を皮切りに

34 私たち人間は地球環境を壊している元凶であるが、地球環境を守り、問題を解決していくことができるのも、人間（　　　）他にいない。

1　をおいて　　2　ともあろう　　3　だけでなく　　4　ならでは

35 3月末日（　　　）、30年間続けてきた店をたたむこととなりました。長年ご愛顧いただき、誠にありがとうございました。

1　について　　2　において　　3　をもとに　　4　をもって

第1回

文法

問題6　次の文の＿★＿に入る最もよいものを、1・2・3・4から一つ選びなさい。

（問題例）

あそこで ＿＿＿ ＿＿＿ ＿★＿ ＿＿＿ は山田（やまだ）さんです。

1　テレビ　　2　見ている　　3　を　　4　人

（解答のしかた）

1.　正しい文はこうです。

あそこで ＿＿＿ ＿＿＿ ＿★＿ ＿＿＿ は山田（やまだ）さんです。 1　テレビ　3　を　2　見ている　4　人

2.　＿★＿に入る番号を解答用紙にマークします。

（解答用紙）

（例）	①　●　③　④

---

36 このような思い切った改革は ＿＿＿ ＿＿＿ ＿★＿ ＿＿＿ だろう。

1　なし得なかった　　2　リーダーシップ

3　なくしては　　4　彼の

37 半年前に ＿＿＿ ＿＿＿ ＿★＿ ＿＿＿ 、母は元気をなくしてしまった。

1　からと　　2　父が　　3　いうもの　　4　なくなって

38 しばらくお会いしていませんし、お話ししたいこともたくさんありますので、就職の ＿＿＿ ＿＿＿ ＿★＿ ＿＿＿ と思（おも）います。

1　伺（うかが）おう　　2　ご報告　　3　ご挨拶（あいさつ）に　　4　かたがた

39 年をとってから体力が落ちてきた父は、＿＿＿＿ ＿＿＿＿ ＿★＿ ＿＿＿＿ 泳げるようにしておきたいと、トレーニングに励んでいる。

1　ようにとは　　2　50メートルぐらいは

3　若いころの　　4　言わないまでも

40 これだけの事故が起きてしまったのだから、田村（たむら）さんは ＿＿＿＿ ＿＿＿＿ ＿★＿ ＿＿＿＿ 違いない。

1　としての　　2　リーダー　　3　追及されるに　　4　責任を

第1回

文法

問題7　次の文章を読んで、文章全体の趣旨を踏まえて、[41] から [45] の中に入る最もよいものを、1・2・3・4から一つ選びなさい。

以下は、小説家が書いたエッセイである。

言い方は重要です。言い方をいくつも、持つことによって反論のパターンを練習することをお勧めします。

「あなたの言っていることは違う」とか、「矛盾している」とかいう発言は、アメリカ映画ならよく観るシーンですが、日本の現実社会では、ある意味、相手に喧嘩（けんか）を売っているように聞こえます。関係性を破壊することに [41] 。

そもそも、違う意見が言いにくい空気感が日本にはあります。そのとき、何が大事か。言い方です。すべてが言い方 [42] と言えます。中高生とは違う、大人の議論力が求められます。関係性というものを維持しながら、あるいは、良好に保ちながら、話を進めます。

違う意見がある場合は、たとえば「部長の意見はごもっともだと思います。ちょっと視点を変えてみますと、こういう見方が [43] 」と、相手をまず立てることがポイントです。言い方に文句を言うのは、日本人の悪癖（注1）だと思いますが、あえて、反感を買うような言葉遣（づか）いで、自分の意見が通らなくなるのは得策（注2）ではありません。

言い方についての例を紹介します。

「『俺は飯を作ってもらっても嫁さんにありがとうなんて言わない』って豪語（注3）する上司に、社会勉強でOLしている良い所のお嬢様が『ご両親にマナーを躾（しつ）（注4）けてもらえなかったんですか?』って無邪気に返されて、亭主関白（ていしゅかんぱく）（注5）からただの育ちの悪い男に落とされたって話を友人から聞いて爆笑しております」

自信たっぷりに豪語する上司は、普段、結構、部下に強いところを見せていると推測されます。 [44] 、部長のスタイルであり、価値がそこにあるのです。それをいとも簡単に部長とは視点のまったく違う、悪気のない「お嬢様」 [45] アッサリと否定されてしまっているところに、切り返しの面白さがあります。また、見逃してならないのはお嬢様の言い方です。悪気のない言い方なので、部長は文句を言えませんでした。

（齋藤孝『上手に「切り返す」技術 人間関係を悪くしないで、言いたいことが伝わる！』辰巳出版による）

（注1）悪癖：悪いくせ。よくない習慣
（注2）得策：うまいやり方
（注3）豪語する：自信満々に大きなことを言う
（注4）躾（しつ）ける：行儀などを教える
（注5）亭主関白（ていしゅかんぱく）：家庭内で夫が妻に対して支配者のようにいばっていること

41

1　なりえません　　2　なりかねません
3　なりにくいです　　4　なるわけではありません

42

1　次第だ　　2　に極まる　　3　どころだ　　4　に至る

43

1　できるのでしょうか　　2　できないのでしょうか
3　できるのではないでしょうか　　4　できないのではないでしょうか

44

1　それが　　2　それで　　3　それを　　4　それに

45

1　を　　2　が　　3　と　　4　に

問題８　次の⑴から⑷の文章を読んで、後の問いに対する答えとして最もよいものを、１・２・３・４から一つ選びなさい。

⑴

以下は、プール管理会社のホームページに掲載されたお知らせである。

20XX年7月吉日

お客様各位

市内温水プールさくら管理会社

花火大会に係る営業時間変更のお知らせ

いつも市内温水プールをご利用いただきまして、誠にありがとうございます。

さて、毎年恒例の夏まつり花火大会が8月10日（土）に予定されており、大会が開催される場合、午後５時以降は温水プールさくらの駐車場が車両進入禁止区域になります。

つきましては、雨天などによる大会順延にも即対応できるよう、開催日及び予備日の二日間の営業時間を午前10時より午後５時までと変更させていただきます。

お客様には大変ご不便をおかけいたしますが、何卒ご理解ご協力をお願い申し上げます。

46 このお知らせで最も伝えたいことは何か。

1　花火大会の日は駐車場に車を止めてはいけない。

2　8月の二日間はプールの営業時間が変わる。

3　花火大会が雨により延期になった場合は、駐車場の営業時間が短くなる。

4　駐車場が花火大会の会場になるため、午後５時から車が入れなくなる。

⑵

ものが豊かになった。子どものころをふり返ってみると、食事がぜいたくになったことに驚いてしまう。（中略）

現在はまさに飽食の時代である。世界中の珍味、美味が町中にあふれていると言っていいだろう。「グルメ」志向の人たちが、あちらこちらのレストランをまわって味比べをしている。昔の父親は妻子に「不自由なく食わせてやっている」というだけで威張っていたものだが、今ではそれだけでは父親の役割を果たしている、とは言えなくなってきた。

（河合隼雄『河合隼雄の幸福論』PHP研究所による）

47 それだけでは父親の役割を果たしている、とは言えなくなってきたとはどのような意味か。

1 父親は家族のために多種多様な料理を作らなければならなくなった。

2 父親は家族を常にお腹いっぱいにさせなければならなくなった。

3 父親は家族とあちこちのレストランに行って評論しなければならなくなった。

4 父親は食事の量だけでなく質的にも家族を満足させなければならなくなった。

(3)

二宮金次郎の人生観に、「積小為大」という言葉がある。(中略)「自分の歴史観」を形づくるためには、この「積小為大」の考え方が大切だ。つまり歴史観というのは、歴史の中に日常を感じ、同時にそれを自分の血肉とする細片の積み重ねなのだ。そのためには、まず、「歴史を距離を置いて見るのではなく、自分の血肉とする親近感」が必要だ。つまり、歴史は“他人事”ではなく、“わが事”なのである。いうなれば、歴史の中に自分が同化し、歴史上の人物の苦しみや悲しみを共感し、体感し、それをわが事として「では、どうするか」ということを、歴史上の相手(歴史上の人物)とともに考え抜くという姿勢だ。

(童門冬二『なぜ一流ほど歴史を学ぶのか』青春出版社による)

(注)積小為大:小さなことを積み重ねて、はじめて大きな事を成せる

48 筆者が述べている「歴史観」に基づいた行動はどれか。

1 自分の身体が存在するのは過去の人々のおかげであると考え、日々感謝する。

2 歴史に関する知識を得るために情報収集を行うのではなく、実際に似たような体験をしようとする。

3 歴史上の人物を自分と一体化させ、自分がその場でいかに行動するのかを想像する。

4 歴史上の人物が達成した大きなことよりも、彼らの日常生活や感情に目を向ける。

(4)

先日、或る編集者と御飯を食べながら打ち合わせをしていたときのこと。不意に彼女が言った。

「カレーは温かいのがいいって言う人が多いけど、私は御飯かルウのどっちかが冷たい方が好きなんです」

「おおっ、俺もです！」

興奮のあまり、思わず一人称が「俺」になってしまった。だって、人生の四十五年目にして初めて出会ったのだ。「御飯かルウのどっちかが冷たいカレーが好き」。そう断言するひとに。仲間だ。私は小学校時代の同級生と小田原城の天守閣(注)で偶然再会したとき以来の「まさかこんなところで友に会えるとは感」に襲われた。

（穂村弘『君がいない夜のごはん』文藝春秋による）

（注）天守閣：日本の戦国時代以降に建てられた城の中でひときわ高く築かれた象徴的な建造物

49 筆者が興奮した理由は何か。

1　彼女が以前城でたまたま会った小学校の同級生だと気づいたから

2　彼女がカレーに例えて愛の告白をしてくれたから

3　彼女が人には言いにくいカレーの温度の好みをはっきりと断言してくれたから

4　カレーの温度の好みが同じ人にそれまで一度も会ったことがなかったから

問題9　次の⑴から⑶の文章を読んで、後の問いに対する答えとして最もよいものを、1・2・3・4から一つ選びなさい。

⑴

四十にして惑わず、という言葉がある。男の厄年(やくどし)(注)は四十二だ。別にこれらに影響されなくても、四十という年齢は、男の人生にとって、幸、不幸を決める節目であると思えてならない。

（中略）

四十代の男が、もし不幸であるとすれば、それは自分が意図してきたことが、四十代に入っても実現しないからである。世間でいう、成功者不成功者の分類とはちがう。職業や地位がどうあろうと、幸、不幸には関係ない。自分がしたいと思ってきたことを、満足いく状態でしつづける立場をもてた男は、世間の評判にかかわりなく幸福であるはずだ。

家庭の中で自分の意志の有無が大きく影響する主婦とちがって、社会的人間である男の場合は、思うことをできる立場につくことは、大変に重要な問題になってくる。これがもてない男は、趣味や副業に熱心になる人が多いが、それでもかまわない。週末だけの幸福も、立派な幸福である。

困るのは、好きで選んだ道で、このような立場をもてなかった男である。この種の男の四十代は、それこそ厄代(やくだい)である。知的職業人にこの種の不幸な人が多いのは、彼らに、仕事は自分の意志で選んだという自負があり、これがまた不幸に輪をかけるからである。

（塩野七生『男たちへ　フツウの男をフツウでない男にするための54章』文藝春秋による）

（注）厄年(やくどし)：災いにあいやすい年齢

50 四十歳について、筆者はどのように考えているか。

1　男の厄年（やくどし）は四十二歳なので、四十歳はまだ不幸ではないだろう。

2　男は四十歳の時に幸せなら、残りの人生すべてが幸せになるだろう。

3　四十歳が男の人生において大事な年齢であるとは言えないだろう。

4　男の四十歳は厄年（やくどし）に近いので、その影響を受けやすいだろう。

51 筆者によると、四十代の男が不幸であるとすれば、それはなぜか。

1　社会的な地位が低いため

2　自分が望むことができないため

3　世間からの評判が悪いため

4　仕事で成功していないため

52 筆者によると、最も不幸な人とはどんな人か。

1　週末だけ趣味に没頭している人

2　家庭の中で意見を言えない人

3　自分の選んだ職業でしたいことができていない人

4　知的職業に従事している人

⑵

戦後、イギリスから京都大学へすぐれた物理学者がやってきた。招かれたのかもしれない。この人は、珍しく、日本語が堪能（たんのう）で、日本では、日本人研究者の英語論文の英語を助けることを行なっていた。のち、世界的学者になる人である。

この人が、日本物理学会の学会誌に、「訳せない“であろう”」というエッセイを発表し、日本中の学者、研究者をふるえ上がらせた。

日本人の書く論文には、たえず、“であろう”ということばが出てくる。物理学のような学問の論文には不適当である。英語に訳すことはできない、という、いわば告発であった。

おどろいたのは、日本の学者、研究者である。なんということなしに、使ってきた語尾である。“である”としては、いかにも威張っているようで、おもしろくない。ベールをかけて“であろう”とすれば、ずっとおだやかになる。自信がなくて、ボカ（注1）しているのではなく、やわらかな感じになるのである、などと考えた人もあったであろうが、学界（注2）はパニックにおちいり、“であろう”という表現はピタリと止まった。

伝えきいたほかの科学部門の人たちも、“であろう”を封鎖（ふうさ）してしまった。科学における“であろう”は消滅した、というわけである。

（外山滋比古『伝達の整理学』筑摩書房による）

（注1）ベールをかける：はっきりとわからないように覆い隠す
（注2）ボカす：意味や内容をはっきり言わずぼんやりさせる

53 筆者によると、イギリスから来た物理学者はどんな人か。

1　日本語能力を生かし、翻訳家として活動した。

2　日本に来た当時、世界的に有名な学者だった。

3　他の物理学者とは違って、日本語が上手だった。

4　日本語で論文を書いて、発表した。

54 おどろいたのは、日本の学者、研究者であるとあるが、なぜ驚いたのか。

1　“であろう” は特に意味もなく使っていたことばだから

2　“であろう” に相当することばが英語にないということを知らなかったから

3　“であろう” は “である” よりもおもしろいことばだと思っていたから

4　“であろう” を論文に使うことはよくないと思っていたから

55 日本の研究者たちと “であろう” ということばの関係について、筆者はどのように述べているか。

1　“であろう” ということばを使うと、婉曲的に伝わると考えていた。

2　“であろう” ということばは偉そうな印象を与えるため、使いたくなかった。

3　“であろう” を使いたい人と使いたくない人が対立し、学界の混乱を生んだ。

4　“であろう” ということばは英語に訳せないので、使用を禁止した。

(3)

論理は、いわゆる理系人間の利点、アドバンテージだと言えるのかもしれませんが、新製品の発売を決定する社内会議で、エンジニアが論理的にポイントをおさえた完璧なプレゼンをしたとしても、会議の参加者の心を動かすことができず、製品化のゴーサイン(注1)が出なかった、などという話がよくあります。

人間はもともと恐怖や喜びなどの感情によって生き残りを図ってきた動物なので、感情的にしっくり来ないものを直感的に避けてしまう傾向があるのです。そのため、エンジニアのプレゼンに対して、「話の筋も通っているし、なるほどもっともだ」と頭では理解、納得しても、もう一方に「コレ、なんとなく買う気にならないんだよね」という心の声があると、多くの人は最後にはそちらを優先してしまいます。

しかし、この「なんとなく」こそ、まさに感情と論理の狭間(はざま)にあるもので、それこそが会議で究明しなくてはならないものであるはずです。

たとえば、「なんとなく」の正体が、「試作品の色が気にくわなかった」だけだと分かれば、代わりの色を探せばよいだけの話で、せっかくの企画を没(ぼつ)にしてはもったいないどころではありません。一方で、その製品は子供が乱暴に扱う可能性が高いため、会議の参加者が無意識下で「それにしてはヤワ(注2)だなあ」ということを感じていたのなら、使用素材や設計をじっくり見直す必要があるはずです。

（竹内薫『 文系のための理数センス養成講座』新潮社による）

（注1）ゴーサイン：計画や企画の実行の許可を表す指示
（注2）ヤワ：弱々しいこと

56 筆者の考えに合うのはどれか。

1　理系の人は、基本的に論理的であるが、感情的になる場合もある。

2　製品化の決め手になるのは、プレゼンが完璧かどうかである。

3　会議の参加者が直感的に否定的な感情を持った場合はゴーサインが出にくい。

4　会議の参加者の心を動かすには、感情に訴えかけることが必要である。

57 人間はもともと恐怖や喜びなどの感情によって生き残りを図ってきた動物とあるが、どういう意味か。

1　人間は感情が強い者ほど長生きすることができる。

2　人間が現在まで生きてこられたのには感情が大きく影響している。

3　人間は感情があることによって生きがいを感じることができる。

4　人間は他の動物に比べて感情が豊かで、何でも受け入れられる。

58「なんとなく」について、筆者はどのように考えているか。

1「なんとなく」という直感は、企画を進める上で無視したほうがいい。

2「なんとなく」を具体的に追究することで、企画をよりよいものに改善できる。

3「なんとなく」は論理的なものなので、もっと直感に頼ったほうがいい。

4「なんとなく」は客の声を代弁するものなので、必ず従うべきである。

問題10　次の文章を読んで、後の問いに対する答えとして最もよいものを、1・2・3・4から一つ選びなさい。

占いは若いころだけではなく、歳をとっても気になるものだ。二十代のころは、占いのページを見ているととても楽しかった。特に恋愛運はむさぼる(注1)ように読み、

「あなたを密(ひそ)かに想っている男性がそばにいます」

などと書いてあったなら、

「うふふ、誰かしら。あの人かしら、この人かしら。まさか彼では……」

と憎からず(注2)思っている男性の顔を思い浮かべ、けけけと笑っていた。それと同時に嫌いな男性を思い出しては、まさかあいつではあるまいなと、気分がちょっと暗くなったりもした。今から思えば、あまりに間抜けで恥ずかしい。

「アホか、あんたは」

と①過去の自分に対してあきれるばかりだ。

アホな二十代から三十有余年、五十代の半ばを過ぎると、恋愛運などまったく興味がなくなり、健康でいられるかとか、周囲に不幸は起きないかとか、現実的な問題ばかりが気になる。（中略）占いを見ながら、胸がわくわくする感覚はなくなった。とはいえ、雑誌などで、占いのページを目にすると、やはりどんなことが書いてあるのかと、気になって見てしまうのだ。

先日、手にした雑誌の占いのページには、今年一年のラッキーアイテムが書いてあった。他の生まれ月の欄を見ると、レースのハンカチ、黄色の革財布、文庫本といった、いかにもラッキーアイテムにふさわしいものが挙げられている。それを持っていれば、幸運を呼び込めるというわけだ。

「いったい私は何かしら」

と久しぶりにわくわくしながら、自分の生まれ月を見てみたら、なんとそこには「太鼓のバチ(注3)」と書いてあるではないか。

「えっ、太鼓のバチ？」

雑誌を手にしたまま、②呆然(ぼうぜん)としてしまった。

レースのハンカチ、財布、文庫本ならば、いつもバッグに入れて携帯できるが、だいたい太鼓のバチはバッグに入るのか？　どこで売っているのかも分からないし、万が一、入手してバッグに入れていたとしても、緊急事態で荷物検査をされた際に、バッグからそんなものがでてきたら、いちばんに怪しまれるではないか。

友だちと会ったときに、これが私のラッキーアイテムと、バッグから太鼓のバチを出して、笑いをとりたい気もするが、苦笑されるのがオチ(注4)であろう。その結果、今年の私はラッキーアイテムなしではあるが、そんなものがなくても、無事に暮らしていけるわいと、鼻息を荒くしているのである。

（群ようこ『まあまあの日々』KADOKAWAによる）

（注1）むさぼる：満足することなく欲しがること
（注2）憎からず：憎くない。好きである
（注3）バチ：太鼓（たいこ）をたたくための棒状の道具
（注4）オチ：笑い話など物語の結末

59 ①過去の自分に対してあきれるばかりなのはなぜか。

1 占いの内容によって気分が左右されていたから
2 占いが当たらないことにイライラしていたから
3 占いの内容をバカにして笑っていたから
4 占いに夢中で、実生活での努力を怠っていたから

60 筆者は五十代の半ばを過ぎた自分についてどのように述べているか。

1 占いに全然興味がなくなり、占いのページを見なくなった。
2 気楽に笑ったり期待に胸を膨らませながら占いを見ることがなくなった。
3 占いよりも健康についての記事に興味を持つようになった。
4 恋愛運の欄を読むと、ため息が出るようになった。

61 ②呆然（ぼうぜん）としてしまった筆者の気持ちとして最もふさわしいのはどれか。

1 全然ラッキーアイテムらしくないものだ。
2 こんな危険な物は買いたくない。
3 大きすぎて、常に持ち運べるのか不安だ。
4 自分の生まれ月ともっと関係のあるものがいい。

62 筆者はラッキーアイテムについてどのように考えているか。

1 ラッキーアイテムはもう二度と持ちたくない。
2 今の自分にラッキーアイテムは必要ない。
3 気に入ったものでない限り、ラッキーアイテムは持たないほうがよい。
4 ラッキーアイテムは友達を笑わせられるものがいい。

問題11　次のAとBの文章を読んで、後の問いに対する答えとして最もよいものを、1・2・3・4から一つ選びなさい。

A

学校の部活動における体罰は、全面的に禁止すべきだと思います。私は指導者の体罰が普通だった世代ですし、体罰によって忍耐力をつけさせるべきだという主張もわかります。しかし、スポーツをする意義は別のところにあるのではないでしょうか。自分の感情もコントロールできない人に指導する資格はないでしょう。体罰は、未熟な指導者が一方的に暴力をふるうことです。十分な指導力があれば、言葉のみで解決できるはずです。私は心的外傷を負った子どもを診察した経験がありますが、体罰は、受けた場合はもちろん、目撃しただけでも、多かれ少なかれ精神的なショックになります。体罰を容認することは、将来、DVのような暴力を容認する態度を持つ成人を作ることにつながりかねません。

B

体罰は、どんな場面であっても容認されるべきではないと考えます。確かに自分たちが中高生の頃は、体罰は当たり前で、水分補給もさせてもらえませんでした。間違ったスポーツ医学や精神論がはびこっていたのです。しかし、スポーツにおける考え方は、驚くほど進化しています。実際、体罰を与えていないにもかかわらず、全国大会の常連になっている学校はたくさんあります。指導者たちは、最新の指導の仕方を学ぶべきです。それに、体罰をすると、生徒はどうすれば指導者から暴力を受けなくなるかということばかり考えるようになります。そうなると、失敗を恐れ、新しいことに挑戦しにくくなり、選手としての成長を阻(はば)むことにつながると思います。

63 体罰をする指導者について、AとBはどのように述べているか。

1　Aは感情を抑えられる人であると述べ、Bは水を飲ませない人だと述べている。

2　Aは指導の資格を持っていない人であると述べ、Bは全国大会に連れていける人だと述べている。

3　Aは未熟な人であると述べ、Bは間違った知識や考え方を持った人だと述べている。

4　Aは我慢強い人であると述べ、Bは最新の指導の仕方を学んだことがない人だと述べている。

64 生徒が体罰を受けた場合の影響について、AとBはどのように述べているか。

1　AもBも、将来心に大きな傷を持つようになると述べている。

2　AもBも、暴力をふるう大人になる可能性があると述べている。

3　Aは将来DVを起こす大人になりやすいと述べ、Bは失敗しやすい選手になると述べている。

4　Aは暴力を受け入れる大人になる可能性があると述べ、Bはいい選手になりにくいと述べている。

問題12　次の文章を読んで、後の問いに対する答えとして最もよいものを、1・2・3・4から一つ選びなさい。

テーマ（研究の主題）を決めることは、すべての学問研究の出発点になります。現代史も変わるところはありません。まずテーマを「決める」という研究者自身の①主体的な選択がなによりも大切です。当然のように思われるかもしれませんが、実際には、他律(たりつ)(注1)的または受動的に決められることが稀(まれ)ではないのです。

現代史研究では、他のすべての学問と同じく、あるいはそれ以上に、精神の集中と持続とが求められますが、この要求を満たすためには、テーマが熟慮の末に自分自身の責任で（研究が失敗に終わるリスクを覚悟することを含めて）決定されなければなりません。（中略）

②テーマを決めないで研究に着手することは、行先を決めないで旅にでるのと同じです。あてのないぶらり旅も気分転換になりますから、無意味とはいえません。新しい自己発見の機会となることがありますし、素晴らしい出会いがあるかもしれません。旅行社お手盛り(注2)のパック旅行よりも、ひとり旅のほうが充実感を味わえると考えるひとは多いでしょう。テーマを決めないで文献や史料をよみあさることも、あながち無駄とはいえない知的散策です。たまたまよんだ史料が、面白いテーマを発見する機縁(注3)となる幸運もありえます。ひとりの史料探検のほうがパック旅行まがいの「共同研究」よりも実りが多い、といえるかもしれません。（中略）

けれども一般的に、歴史研究にとって、テーマの決定は不可欠の前提です。テーマを決めないままの史料探索は、これぞというテーマを発見する過程だからこそ意味があるのです。テーマとは、歴史家がいかなる問題を解くために過去の一定の出来事を研究するか、という研究課題の設定です。（中略）

歴史は暗記物で知的創造とは無縁の、過去の出来事を記憶し整理する作業にすぎないという、歴史と編年史とを同一視する見方からしますと、③この意味でのテーマの選択とか課題の設定とかは、さして重要でない、むしろ仕事の邪魔になるとさえいうことができます。歴史についてのこのような偏見はいまも根強く残っていますので繰り返すのですが、歴史も新たに提起された問題（事実ではなく問題）を一定の方法で解きほぐすことを目指す創造的かつ想像的な営みであることは、他の学問と違うところはありません。テーマの選択とは、いかなる過去の出来事を研究するかではなく、過去の出来事を、なにを目的として、あるいはどんな問題を解明しようとして研究するか、という問題の設定を指示する行為にほかなりません。

（渓内謙『現代史を学ぶ』岩波書店による）

（注1）他律(たりつ)：自分の意志ではなく、他人の意志や命令によって行動すること
（注2）お手盛り：ここでは、旅行社の都合のよいように決められた
（注3）機縁：きっかけ

65 ①主体的な選択がなによりも大切ですとあるが、理由は何か。

1 主体的に選択しないと研究が始められないから
2 主体的に選択すると他の人に決められなくて済むから
3 主体的に選択しないと研究結果が違ってくる場合があるから
4 主体的に選択すると最後まで熱心に研究を続けやすいから

66 ②テーマを決めないで研究に着手することについて筆者の考えに合うのはどれか。

1 気分転換や自己発見になるので、ぜひすべきである。
2 他者がテーマを決める共同研究のほうが価値がある。
3 テーマを見つけることを目的とした行為であれば意味がある。
4 テーマを決めてから研究を始めるよりも満足できる。

67 ③この意味とは何を指すか。

1 歴史家が問題を解くために過去を研究するという意味
2 歴史とは暗記すべき物だという意味
3 歴史とは過去の出来事を記憶することだという意味
4 歴史と編年史は同じだという意味

68 この文章で筆者が最も言いたいことは何か。

1 歴史研究は他の学問と似ている点が多い。
2 史料を探す前にテーマを決める必要はない。
3 問題意識を持ってテーマを決めることが重要である。
4 過去の出来事を整理するのが歴史研究だという考え方は間違っている。

問題13　右のページは、クレジットカードの案内である。下の問いに対する答えとして最もよいものを、1・2・3・4から一つ選びなさい。

69 日本語学校に通う21歳のタンさんは、クレジットカードを作りたい。50万円以上の買い物はしない。どのカードに申し込むのが一番よいか。

1　学生カード

2　デビューカード

3　クラシックカード

4　ゴールドカード

70 35歳のコウさんは、既に入会済みである。去年は、5月に一度だけクレジットカードを使って、150万円の大きな買い物をした。今年の度年会費はいくらになるか。

1　0円

2　6,500円+税

3　10,400円+税

4　13,000円+税

クレジットカードのご案内

	＜学生カード＞	＜デビューカード＞	＜クラシックカード＞	＜ゴールドカード＞
	18～25歳の学生限定！留学や旅行もこの一枚！	18～25歳限定！初めてのカードに！いつでもポイント2倍！	これを持っていれば安心、スタンダードなカード！	上質なサービスをあなたに！
お申し込み対象	満18～25歳までの大学生・大学院生の方 ※研究生・聴講生・語学学校生・予備学校生はお申し込みになれません。 ※未成年の方は保護者の同意が必要です。	満18～25歳までの方（高校生は除く） ※未成年の方は保護者の同意が必要です。	満18歳以上の方（高校生は除く） ※未成年の方は保護者の同意が必要です。 ※満18～25歳までの方はいつでもポイントが2倍になるデビューカードがおすすめ	原則として満30歳以上で、ご本人に安定継続収入のある方 ※当社独自の審査基準により判断させていただきます。
年会費	初年度年会費無料 通常1,300円＋税 ※翌年以降も年1回ご利用で無料	初年度年会費無料 通常1,300円＋税 ※翌年以降も年1回ご利用で無料	インターネット入会で初年度年会費無料 通常1,300円＋税	インターネット入会で初年度年会費無料 通常13,000円＋税 年会費割引特典あり（備考欄参照）
利用可能枠	10～30万円	10～70万円	10～100万円	50～400万円
お支払日	月末締め翌月26日払い ※15日締め翌月10日払いへの変更可能	月末締め翌月26日払い ※15日締め翌月10日払いへの変更可能	15日締め翌月10日払い／月末締め翌月26日払い ※選択可	15日締め翌月10日払い／月末締め翌月26日払い ※選択可
備考	満26歳以降になるとランクアップ。26歳以降、最初のカード更新時に自動的に本カードから「ゴールドカード」に切り替わります。 ※クラシックカードへのお切り替えもできます。	満26歳以降になるとランクアップ。26歳以降、最初のカード更新時に自動的に本カードから「ゴールドカード」に切り替わります。 ※クラシックカードへのお切り替えもできます。		空港ラウンジサービス利用可 ※年会費割引特典：前年度（前年2月～当年1月）お支払いのお買い物累計金額が50万円以上100万円未満の場合は20%引、100万円以上300万円未満の場合は次回年会費が半額、300万円以上の場合は次回年会費が無料

第1回

讀解

合格模試　第1回 　　　　　　　　　　　　問題用紙

N1_Listening_Test01.mp3

N1

聴解（ちょうかい）

（60分）

注　　意
Notes

1. 試験が始まるまで、この問題用紙を開けないでください。
   Do not open this question booklet until the test begins.

2. この問題用紙を持って帰ることはできません。
   Do not take this question booklet with you after the test.

3. 受験番号と名前を下の欄に、受験票と同じように書いてください。
   Write your examinee registration number and name clearly in each box below as written on your test voucher.

4. この問題用紙は、全部で13ページあります。
   This question booklet has 13 pages.

5. この問題用紙にメモをとってもかまいません。
   You may make notes in this question booklet.

受験番号　Examinee Registration Number	

名前　Name	

問題1 N1_1_02

問題1では、まず質問を聞いてください。それから話を聞いて、問題用紙の1から4の中から、最もよいものを一つえらんでください。

例 N1_1_03

1　グッズの数をチェックする
2　客席にゴミが落ちていないか確認する
3　飲み物とお菓子を用意する
4　ポスターを貼る

第1回

聴解

1番（ばん） N1_1_04

1 パスワード再発行（さいはっこう）の手続（てつづ）きをする

2 ID再発行（さいはっこう）の手続（てつづ）きをする

3 一（ひと）つ前（まえ）の画面（がめん）に戻（もど）る

4 ログインという部分をクリックする

2番（ばん） N1_1_05

1 スーツケースを買（か）う

2 修理代（しゅうりだい）をもらう

3 夫（おっと）に電話（でんわ）する

4 スーツケースを選（えら）ぶ

3番　N1_1_06

1　会議の資料を来週水曜日までに作る
2　会議の資料を来週金曜日までに作る
3　研修の資料を来週水曜日までに作る
4　研修の資料を来週金曜日までに作る

4番　N1_1_07

1　出張をやめるよう課長に電話する
2　生産を止めるよう係長に電話する
3　大量に生産するよう係長に電話する
4　不良品についてお客様に直接話す

5番　N1_1_08

1　コンビニ → 郵便局 → ケーキ屋
2　コンビニ → ケーキ屋 → 郵便局
3　郵便局 → コンビニ → ケーキ屋
4　郵便局 → ケーキ屋 → コンビニ

6番　N1_1_09

1　動画に撮って、打つ前の姿勢を練習する
2　動画に撮って、軸を作る練習をする
3　動画に撮って、打つスピードを上げる練習をする
4　動画に撮って、打った後のポーズを練習する

問題2 N1_1_10

問題**2**では、まず質問を聞いてください。そのあと、問題用紙のせんたくしを読んでください。読む時間があります。それから話を聞いて、問題用紙の**1**から**4**の中から、最もよいものを一つえらんでください。

例 N1_1_11

1　役者の顔
2　役者の演技力
3　原作の質
4　演劇のシナリオ

1番　N1_1_12

1　４時

2　５時

3　１１時

4　１２時

2番　N1_1_13

1　大人と子供が本について話すようになったから

2　子供とお年寄りにとってわかりやすくなったから

3　子供たちがおすすめの本を紹介し合うようになったから

4　子供たちが競って本を借りるようになったから

3番（ばん） N1_1_14

1　残業（ざんぎょう）が多（おお）い
2　やりがいがない
3　雰囲気（ふんいき）がよくない
4　中小企業（ちゅうしょうきぎょう）で働（はたら）きたい

4番（ばん） N1_1_15

1　10,000円
2　15,000円
3　20,000円
4　25,000円

5番 N1_1_16

1 ベビーカー
2 赤ちゃん用のトイレ
3 電車の乗換案内アプリ
4 赤ちゃん用のゲーム

6番 N1_1_17

1 アロエの代金を払わないと言うため
2 台風の被害について話すため
3 もっと大きいアロエを送ってもらうため
4 送料が返金されるか聞くため

7番(ばん) N1_1_18

1 騒音(そうおん)
2 健康被害(けんこうひがい)
3 異臭(いしゅう)
4 魚(さかな)の被害(ひがい)

問題3 N1_1_19

問題3では、問題用紙に何も印刷されていません。この問題は、全体としてどんな内容かを聞く問題です。話の前に質問はありません。まず話を聞いてください。それから、質問とせんたくしを聞いて、1から4の中から、最もよいものを一つえらんでください。

例 N1_1_20

1番 N1_1_21

2番 N1_1_22

3番 N1_1_23

4番 N1_1_24

5番 N1_1_25

6番 N1_1_26

問題4 N1_1_27

問題4では、問題用紙に何も印刷されていません。まず文を聞いてください。それから、それに対する返事を聞いて、1から3の中から、最もよいものを一つえらんでください。

例 N1_1_28

1番 N1_1_29

2番 N1_1_30

3番 N1_1_31

4番 N1_1_32

5番 N1_1_33

6番 N1_1_34

7番 N1_1_35

8番 N1_1_36

9番 N1_1_37

10番 N1_1_38

11番 N1_1_39

12番 N1_1_40

13番 N1_1_41

14番 N1_1_42

問題5 N1_1_43

問題5では、長めの話を聞きます。この問題には練習はありません。
問題用紙にメモをとってもかまいません。

1番、2番

問題用紙に何も印刷されていません。まず話を聞いてください。それから、質問とせんたくしを聞いて、1から4の中から、最もよいものを一つえらんでください。

1番 N1_1_44

2番 N1_1_45

3番 N1_1_46

まず話を聞いてください。それから、二つの質問を聞いて、それぞれ問題用紙の1から4の中から、最もよいものを一つえらんでください。

質問1 N1_1_47

1 ギャラリートーク
2 体験コーナー
3 講演
4 きのこ案内

質問2

1 ギャラリートーク
2 体験コーナー
3 講演
4 きのこ案内

合格模試　第2回　　　　　　　　　　　　　　　　　　　問題用紙

N1
言語知識（文字・語彙・文法）・読解
（110分）

注　　　意
Notes

1. 試験が始まるまで、この問題用紙を開けないでください。
   Do not open this question booklet until the test begins.
2. この問題用紙を持って帰ることはできません。
   Do not take this question booklet with you after the test.
3. 受験番号と名前を下の欄（らん）に、受験票と同じように書いてください。
   Write your examinee registration number and name clearly in each box below as written on your test voucher.
4. この問題用紙は、全部で30ページあります。
   This question booklet has 30 pages.
5. 問題には解答番号の 1 、 2 、 3 … が付いています。
   解答は、解答用紙にある同じ番号のところにマークしてください。
   One of the row numbers 1 , 2 , 3 … is given for each question. Mark your answer in the same row of the answer sheet.

受験番号　Examinee Registration Number	

名前　Name	

問題1　＿＿＿の言葉の読み方として最もよいものを、1・2・3・4から一つ選びなさい。

1 近所の公園には、秋の気配が漂っていた。

1　うるおって　　2　みなぎって　　3　ただよって　　4　とどまって

2 会社の採用面接は、和やかな雰囲気だった。

1　おだやかな　　2　なごやかな　　3　にぎやかな　　4　ゆるやかな

3 部長は頼みごとがあるときは、声色を変えてくるのですぐわかる。

1　こわいろ　　2　こえいろ　　3　せいしょく　　4　せいじき

4 ここのシェフは、厳選した食材で最高の料理を作ることで有名です。

1　ごんせん　　2　いっせん　　3　げきせん　　4　げんせん

5 データが事態の深刻さを如実に表している。

1　じょじつ　　2　こうじつ　　3　にょじつ　　4　どじつ

6 発表に向けて、その道の玄人に話を聞きに行く。

1　しろと　　2　くろと　　3　しろうと　　4　くろうと

問題2 （　　　）に入れるのに最もよいものを、1・2・3・4から一つ選びなさい。

7 書類に（　　　）があると、申請は受理されない。

1 不備　　2 不当　　3 不意　　4 不順

8 大切な仕事だとわかってはいるのだが、興味のない分野だけに（　　　）。

1 気が立たない　　2 気が抜けない　　3 気がおけない　　4 気が乗らない

9 どうしても嫌なことなら、（　　　）断ったほうがいい。

1 きっぱり　　2 じっくり　　3 てっきり　　4 うっかり

10 子供が3歳になったら、以前勤めていた銀行に（　　　）する予定だ。

1 副業　　2 回復　　3 復職　　4 複写

11 彼の行いは、尊敬に（　　　）。

1 即する　　2 値する　　3 有する　　4 要する

12 今までの努力の（　　　）が出て、今大会では優勝することができた。

1 成功　　2 評価　　3 成果　　4 効果

13 彼女は新人賞を受賞し、作家として華々しい（　　　）を飾った。

1 デビュー　　2 エリート　　3 インテリ　　4 エンド

問題３　＿＿＿の言葉に意味が最も近いものを、１・２・３・４から一つ選びなさい。

14 生活習慣の乱れが体調に顕著に表れている。

1　きっぱりと　　2　はっきりと　　3　あいまいに　　4　ゆったりと

15 当店の商品は一律千円です。

1　最高　　2　最低　　3　平均　　4　全部

16 ２か月前に転職してから忙しい毎日が続いて、くたびれてしまった。

1　体調をくずして　　2　やる気をなくして

3　ひどく疲れて　　4　寝込んで

17 これは日本の伝説にまつわる話を集めた本だ。

1　まとめる　　2　かねる　　3　よく合う　　4　関係する

18 楽してお金をもらおうなんて情けない考えはやめたほうがいい。

1　いじわるな　　2　簡単な　　3　みじめな　　4　ずるい

19 将来のことは、もっとシビアに考えたほうがいい。

1　楽観的に　　2　悲観的に　　3　現実的に　　4　多角的に

問題４　次の言葉の使い方として最もよいものを、１・２・３・４から一つ選びなさい。

20 着手

1　好きな俳優に着手してもらっただけでなく、サインももらった。

2　この飛行機は空港に着手する準備を始めますので、座席にお戻りください。

3　そろそろこの仕事に着手しないと、締め切りに間に合わないよ。

4　娘はお気に入りの手袋を着手して、うれしそうだ。

21 未知

1　彼の本を読んで、自分はなんて未知なのかと恥じている。

2　未知の人に話しかけられても、決してついて行ってはいけないよ。

3　大切な試験で致命的なミスをしたので、合格は未知になった。

4　地球上には、まだ数多くの未知の生物が存在する。

22 気兼ね

1　息子が大学に合格できるか、いつも気兼ねして夜も眠れない。

2　新しい職場の待遇は十分で、何の気兼ねも感じない。

3　課長は、大事な会議の前は、いつも準備に気兼ねがない。

4　このゴルフ教室は、初心者でも気兼ねなく練習できる。

23 発足

1　祖父の家は約100年前に発足されたが、まだ十分住める。

2　国会は長時間の議論の末、この法案を新たに発足した。

3　この本は、昨年発足されて間もなくベストセラーになった。

4　彼は貧しい子供たちの生活を支える活動をするために、この団体を発足した。

24 見込む

1　高いところから下を見込んで、一気に怖くなってしまった。

2　これまでの実績と君の実力を見込んで、ぜひお願いしたい仕事がある。

3　万引きは悪いことだが、まだ小さい子供だったので見込んであげた。

4　私が見込んだ話では、山田さんはどうやら転勤になるそうだ。

25 素質

1　松田(まつだ)さんはチームをまとめるのが上手で、リーダーとしての素質がある。

2　小林(こばやし)さんは素質な性格で、部下から好かれている。

3　そのアイデアの素質はいいが、現状に合っていないのが問題だ。

4　この論文を書くにあたり、数多くの素質を集めるのが大変だった。

第2回

文字・語彙

問題5　次の文の（　　　）に入れるのに最もよいものを、1・2・3・4から一つ選びなさい。

26 届けられたお弁当の量を見てあぜんとした。30代の私で（　　　）食べきれそうにない。高齢の私の両親にはとてもじゃないが多すぎる。

1　なら　　2　おろか　　3　あって　　4　すら

27 閣僚の度重なる発言が問題になっている。先日も大臣が発言を撤回していたが、今になって謝罪した（　　　）彼に対する印象は何も変わらない。

1　ところで　　2　ところは　　3　ところに　　4　ところ

28 スマホの普及やこの不景気（　　　）、消費者の意識が「所有」から「共有」へと変化している。物を所有するよりも、必要な時に必要なものをレンタルすることを好む人が増えているのだ。

1　に反して　　2　を伴って　　3　とかかわって　　4　と相まって

29（テレビのスポーツ番組で）
Xチームが上のリーグに上がるためには、なんとしてもこの試合に勝たなければなりません。前半戦を終えて2対2の同点。1点（　　　）許すわけにはいきません。

1　だけは　　2　たりとも　　3　たらず　　4　限り

30 和弘（かずひろ）「明日は、夕方4時半に成田着の予定だよ。」
美里（みさと）「車で迎えに行くから、成田空港に（　　　）電話してね。」

1　着くや否や　　2　着いたとたん　　3　着くが早いか　　4　着き次第

31 わが社では、社員がより働きやすい環境を目指して様々な取り組みを行ってきた。その効果もあって、退職者は減り、以前（　　　）社員の意欲が上がっている。

1　にも増して　　2　から増して　　3　でも増して　　4　とは増して

32 洋子（ようこ）「たばこやめるって言ってなかった？」
隆（たかし）「やめようと思ってるよ。ただ、ストレスを感じると、（　　　）んだよね。」

1　吸わずにはおかない　　2　吸わないではおかない
3　吸ってはいられない　　4　吸わずにはいられない

33 あの新人は、社会人として（　　　　）常識が欠けている。ろくにあいさつもしないし、遅刻もしょっちゅうするし。

1　必要とさせられる　　2　必要とされている
3　必要なりの　　4　必要にせよ

34 ボランティアで公園のゴミ拾いをしている（　　　　）タバコの吸い殻を捨てられて、本当にがっかりした。

1　うえに　　2　につれて　　3　そばから　　4　とともに

35 社内で慎重に検討いたしましたが、今回のお申し出は（　　　　）。

1　辞退させていただきます　　2　ご辞退になります
3　辞退していらっしゃいます　　4　辞退しておられます

問題6　次の文の＿★＿に入る最もよいものを、1・2・3・4から一つ選びなさい。

（問題例）

あそこで ＿＿＿ ＿＿＿ ＿★＿ ＿＿＿ は山田(やまだ)さんです。

1　テレビ　　2　見ている　　3　を　　4　人

（解答のしかた）

1.　正しい文はこうです。

あそこで ＿＿＿ ＿＿＿ ＿★＿ ＿＿＿ は山田(やまだ)さんです。
1　テレビ　3　を　2　見ている　4　人

2.　＿★＿に入る番号を解答用紙にマークします。

（解答用紙）

（例）	①　●　③　④

---

36 彼女と結婚したいという気持ちは ＿＿＿ ＿＿＿ ＿★＿ ＿＿＿ 変わりません。

1　言おうと　　2　決して　　3　何と　　4　誰が

37 竹内(たけうち)さんは、部下の満足度や他部署の予定よりも ＿＿＿ ＿＿＿ ＿★＿ ＿＿＿ 得ることができない。

1　部下の信頼を　　2　きらいがあるので

3　自分の都合ばかりを　　4　優先する

38 ゆうべ、友人からのメールで ＿＿＿ ＿＿＿ ＿★＿ ＿＿＿ 昨日お亡くなりになったと知り、なかなか眠りにつくことができなかった。

1　私が尊敬して　　2　平野(ひらの)先生が

3　大学時代の指導教官であり　　4　やまない

39 社内の不祥事が明るみに ＿＿＿ ＿＿＿ ＿★＿ ＿＿＿ 調査を始めた。

1　ようやく　　2　至って

3　経営陣は社内での　　4　出るに

40 （経営者へのインタビューで）

記者「御社では、今、どのような人材を求めているのでしょうか。」

社長「学校の成績が ＿＿＿ ＿＿＿ ＿★＿ ＿＿＿ のですが、それだけを見ることはしません。特に弊社のようなベンチャー企業では新しい発想が求められます。」

1　越したことはない　　2　あれば　　3　あるに　　4　優秀で

第2回

文法

問題7　次の文章を読んで、文章全体の趣旨を踏まえて、［41］から［45］の中に入る最もよいものを、1・2・3・4から一つ選びなさい。

以下は、小説家が書いたエッセイである。

どうやって日本語のコーパスを作ったかというと、まず、日本語で書かれた国内の出版物をたくさん集める。出版数で考えると、「社会科学」に分類される出版物が一番多いのだそうだ。よって、実際の比率［41］、「社会科学分野の出版物が一番多くなるように」と、ちゃんと塩梅(あんばい)(注1)して集める。ただ、出版数ではなく流通数で考えると、文学関連が一番多くなる。そういった要素も加味する。

つまり、どんな出版物がどれぐらい作られているのか、我々がどんな出版物をよく読んでいるのか、実際の傾向や動向に基づいて、とにかく本や雑誌や新聞や白書(注2)や教科書を集めまくる。そうして集めた出版物から、抜粋(注3)する文章をランダムに選び、スキャンしてデータ化する。そのデータの集積が、コーパスと［42］。

コーパスがあると、とっても便利。たとえば、「『医者』と『医師』が、どう使いわけられているのか知りたいな」と思ったら、コーパスを検索すればいい。その二つの言葉が実際にどう使われているのか、パパッと表示される。［43］、書籍では「医者」より「医師」を使うことが多く、新聞では圧倒的に「医師」が多いらしい。コーパスは、「Yahoo!ブログ」と「Yahoo!知恵袋(ちえぶくろ)」での日本語の使われかたも収集していて、「ネット上では『医者』を使うひとが多い」ということもわかるようになっている。

じゃあ、「解約」と「キャンセル」をどう使いわけているかというと、ネット上では「キャンセル」が、新聞や広報誌や教科書では「解約」が、それぞれ圧倒的に多い。

ふむふむ、いずれも実感として、非常に納得のいく検索結果だ。我々は、真面目な局面(注4)だったり、「公な感じ」が強かったりする場合、「医師」や「解約」という言葉を選んで使い、くだけた場や日常的な文章表現においては、「医者」や「キャンセル」という言葉を選んで［44］。

このように、コーパスがあると、「どんな言葉を、どんな場面で実際に使っているのか」が一目瞭然(いちもくりょうぜん)(注5)になる。我々が、「ある言葉に、どんなニュアンスをこめているのかがわかる」とも［45］。

（三浦しをん『広辞苑をつくるひと』岩波書店による）

（注1）塩梅(あんばい)：ほどよい具合・加減
（注2）白書：政府が発表する報告書
（注3）抜粋する：書物などから必要なところを抜き出す
（注4）局面：そのときの状況・状態
（注5）一目瞭然(いちもくりょうぜん)：一目(ひとめ)見てはっきりわかること

41

1　に即して　　2　にとって　　3　に先立って　　4　に限って

42

1　名付けた　　2　言わされている
3　言ったところだ　　4　呼ばれるものだ

43

1　その結果　　2　いわゆる　　3　そして　　4　ちなみに

44

1　使っているわけだ　　2　使ってみることだ
3　使うまでもない　　4　使うことだろう

45

1　言わずにはおかない　　2　言えるものではない
3　言うわけにはいかない　　4　言えるかもしれない

問題８　次の⑴から⑷の文章を読んで、後の問いに対する答えとして最もよいものを、１・２・３・４から一つ選びなさい。

⑴　以下は、取引先の会社の人から届いたEメールである。

【 担当者変更のお知らせ】

株式会社ＡＢＣ
佐藤様

いつもお世話になっております。
株式会社さくらの鈴木です。

この度、弊社の人事異動に伴い、４月１日より営業部小林が貴社を担当させていただくことになりました。在任中、佐藤様には大変お世話になり、感謝しております。

小林は入社10年のベテラン社員で、長らく営業業務に携わってまいりました。
今後も変わらぬご指導のほど、何卒よろしくお願い申し上げます。

後日改めまして、小林と共にご挨拶に伺う所存ではございますが、取り急ぎメールにてご連絡申し上げます。

上記につきまして、どうぞよろしくお願いいたします。

46 このメールで最も伝えたいことは何か。

1　新しい担当者が10年前に入社したベテランであること
2　鈴木が3月31日をもって会社を辞めること
3　鈴木が佐藤のところに挨拶に行くのは難しいこと
4　担当者が変わってもこれまでの関係を続けたいこと

(2)

私はパソコンもスマートフォンも持っていないが、ネット上には、作家やその作品に対する全否定、罵倒(注)が溢れているらしい。プリントアウトしたものを私も見せてもらったことがある。やはり編集者が気を遣ってかなりましな感想を選んでくれたのだろうが、それでもそうとうなもので、最後まで読む勇気が自分にあったのは驚きだった。

(田中慎弥『ひよこ太陽』新潮社による)

(注) 罵倒：相手を大声で非難すること

47 驚きだったのはなぜか。

1 編集者がこれほど配慮してくれるとは思っていなかったから

2 読むにたえないほどの感想を最後まで読み切ったから

3 ネット上の文章を読むのに慣れていなかったから

4 ネット上の感想が読み切れないぐらい多かったから

第2回

読解

(3)

私は一見社交的に見えるようだが、初対面の人と話すのは苦手だ。(中略) という話を、先頃、あるサラリーマンにした。

彼は小さな広告代理店の営業担当役員である。新しい人と知り合うのが仕事のような職種だ。

彼曰(いわ)く、話題につまった時は、ゴルフか病気の話をすれば何とかなるそうだ。四十も過ぎれば、体の不調は誰でも抱えている。自分自身は元気でも、親はある程度の年齢だから、病気に関わる心配事を抱えていない大人はいない。なるほどである。

(大石静『日本のイキ』幻冬舎による)

48 筆者がなるほどであると感じたことは何か。

1 営業は、新しい人と知り合うのが仕事だ。

2 初対面の人と話せないのは、病気のせいだ。

3 四十歳を過ぎると、誰でも病気をするのは当たり前だ。

4 何を話すか困ったときは、病気の話をすればいい。

(4)

強いとか弱いとかいうのとはちょっと別に、その選手に異様な熱を感じる時期というのがあって、世界戦やタイトルマッチじゃなくても、その熱は会場中に伝播（でんぱ）する。その熱の渦中にいると「ボクシングってこんなにすごいのか！」と素直に納得する。たったひとりの人間が発する熱が源なのだから。それはもしかしたら、その選手の旬（しゅん）というものなのかもしれない。年齢とは関係ない。また、旬（しゅん）の長さも一定ではないし、一度きりということでもないのだろう。だけれど、永遠ではない。

（角田光代『ボクシング日和』角川春樹事務所による）

第2回

49 選手の旬（しゅん）について、筆者の考えに合うのはどれか。

1　ボクシングはほかのスポーツとは異なり、若い時に旬（しゅん）が来る。
2　選手の旬（しゅん）とは、選手生命のうちで最も強い時期のことである。
3　旬（しゅん）の選手は熱を放ち、観客はそれを感じ取る。
4　旬（しゅん）は一生に一度だけ訪れるものである。

讀解

問題9　次の⑴から⑶の文章を読んで、後の問いに対する答えとして最もよいものを、1・2・3・4から一つ選びなさい。

⑴

落語の世界では、マクラというものがあり、長い噺(はなし)(注1)を本格的に語る前にちょっとした小咄(こばなし)(注2)とか、最近あった自分の身の回りの面白い話などをする。（中略）

落語家はマクラを振ることによって何をしているかといえば、観客の気持ちをほぐすだけではなくて、今日の客はどういうレベルなのか、どういうことが好きなのか、というのを感じとるといっている。

たとえば、これぐらいのクスグリ（面白い話）で受けないとしたら、「今日の客は粋(いき)じゃない」とか「団体客かな」などと、いろいろ見抜く。そして客のタイプに合わせた噺(はなし)にもっていく。これはプロの熟達した技だ。

<u>それと似たようなことが授業にもある</u>。先生の立場からすると、自分の話がわかったときや知っているときは、生徒にうなずいたりして反応してほしいものだ。そのうなずく仕草によって、先生は安心して次の言葉を話すことができる。反応によっては発問を変えたり予定を変更したりすることが必要だ。

逆の場合についても、そのことはいえる。たとえば子どもが教壇に一人で立って、プレゼンテーションをやったとする。そのときも教師の励ましが必要なのだ。アイコンタクトをし、うなずきで励ますということだ。先生と生徒が反応し合うことで、密度は高まり、場の空気は生き生きしてくる。

（齋藤孝『教育力』岩波書店による）

（注1）噺(はなし)：昔話や落語
（注2）小咄(こばなし)：短くおもしろい話

50 落語家について、筆者はどのように述べているか。

1　落語家は、マクラといって小咄（こばなし）の後に長い噺（はなし）をする。

2　落語家は、クスグリに対する客の反応によって、語る噺（はなし）を決める。

3　落語家は、マクラを振る前に、観客の好みを見極める。

4　落語家は、客が団体客の場合のみ、客に合わせた噺（はなし）をする。

51 それと似たようなことが授業にもあるとあるが、どういう意味か。

1　先生にとっても生徒のレベルや好みを感じ取ることは難しいという意味

2　先生も面白い話をして生徒の気持ちをほぐしているという意味

3　先生も教壇で落語をしようとしているという意味

4　先生も生徒の反応によって授業を臨機応変に変えているという意味

52 筆者によると、授業に必要なこととは何か。

1　生徒が発表するとき、先生が声をかけて励ますこと

2　先生と生徒が近距離で触れ合うこと

3　先生も生徒も相手の話を聞いて反応すること

4　先生を安心させるために生徒が質問をたくさんすること

⑵

ペットショップで目が合って何か運命的なものを感じてしまい、家へ連れて帰ってきたシマリスのシマ君が、今朝、突然、攻撃的になってしまった。

これまで、手のひらに入れてぐるぐるお団子にしたり、指を口の前に差し出しても一度も咬んだり人を攻撃したことがないのに、いきなり咬みつかれた。かごの中の餌からゴミを取ろうとしてふと指を入れたら、がぶっとやられたのである。

（中略）

「①タイガー化する」といって、冬眠に入る秋冬になるとものすごく攻撃的になるという。そんなことは知らなかった。あんなにひとなつこくて誰にでも甘えてくるリスが、目を三角にして（注１）ゲージ（注２）にバンバン体当たりしてくる。同じ動物とは思えない。怖い。

獣医師によると、冬眠する前に体内にある物質が分泌されるらしい、という説や、冬眠前になるべく餌をたくさん食べて体脂肪を蓄えるためになわばり意識が強まる、という二つの説があるそうだが、医学的にはっきり解明されていない。

その上、何と「春になると元のひとなつこい状態に戻る子もいるし、そのままの凶暴状態が続く子もいます」というのである。

もう戻らないかもしれないなんて、②本当に悲しい。あんなに可愛かったうちのシマ君が、突然、野獣に変ってしまった。

（柿川鮎子『まふまふのとりこ ― 動物をめぐる、めくるめく世界へ ―』三松株式会社出版事業部による）

（注１）目を三角にする：怒って、怖い目つきをする
（注２）ゲージ：動物を閉じ込めておく檻やかご

53 シマ君の以前の様子について、筆者はどのように述べているか。

1　筆者の手のひらで丸められるのを喜んでいた。

2　人を咬(か)むような凶暴性はなかった。

3　よくかごの中からゴミを出そうとしていた。

4　筆者以外の人に人見知りしていた。

54 ①タイガー化について、筆者はどのように述べているか。

1　タイガー化とは冬眠に入った後に攻撃的になることを指す。

2　タイガー化の原因は獣(じゅう)医学でも解き明かされていない。

3　タイガー化すると誰にでも甘えるようになる。

4　餌を食べ過ぎるとタイガー化しやすい。

55 筆者がシマ君について②本当に悲しいと思っているのはなぜか。

1　冬眠が明けても攻撃的なままかもしれないから

2　春になっても体脂肪が落ちないかもしれないから

3　いつ元の可愛い顔に戻るのかわからないから

4　冬眠から覚めずにそのまま死んでしまうかもしれないから

(3)

かつての教員養成はきわめてすぐれていた。ことに小学校教員を育てた師範(しはん)学校(注1)は、いまでは夢のような、ていねいな教育をしたものである。

（中略）

その師範(しはん)学校の教員養成で、ひとつ大きな忘れものがあった。外国の教員養成に見倣(みなら)った(注2)ものだから、罪はそちらのほうにあるといってよい。

何かというと、声を出すことを忘れていたのである。読み、書き中心はいいが、声を出すことをバカにしたわけではないが、声の出し方を知らない教師ばかりになった。

（中略）

新卒の先生が赴任(ふにん)する。小学校は全科担任制だが、朝から午後までしゃべりづめである。声の出し方の訓練を受けたことのない人が、そんな乱暴なことをすれば、タダではすまない。

早い人は秋口に、体調を崩す。戦前の国民病、結核(けっかく)(注3)にやられる。運がわるいと年明けとともに発病、さらに不幸な人は春を待たずに亡くなる、という例がけっして少なくなかった。

もちろん、みんなが首をかしげた。大した重労働でもない先生たちが肺病で亡くなるなんて信じがたい。日本中でそう思った。

知恵（？）のある人が解説した。先生たちは白墨(はくぼく)(注4)で板書をする。その粉が病気を起こすというのである。この珍説、またたくまに、ひろがり、日本中で信じるようになった。神経質な先生は、ハンカチで口をおおい、粉を吸わないようにした。それでも先生たちの発病はすこしもへらなかった。

大声を出したのが過労であったということは、とうとうわからずじまいだったらしい。

（外山滋比古『100年人生 七転び八転び ―「知的試行錯誤」のすすめ』さくら舎による）

（注1）師範(しはん)学校：小学校教員を養成した旧制の学校
（注2）見倣(みなら)う：見てまねをする
（注3）結核(けっかく)：結核菌(けっかくきん)を吸い込むことによって起こる感染症
（注4）白墨(はくぼく)：チョーク

56 昔の教員養成について、筆者はどのように述べているか。

1 海外のものを参考にしていた。

2 大声を出す人は軽蔑（けいべつ）されていた。

3 読むことより書くことを主に学んだ。

4 声の出し方を忘れる人が多かった。

57 新卒の先生について、筆者はどのように述べているか。

1 生徒たちから日常的に乱暴な言い方をされていた。

2 運が悪い人はお正月には病気になっていた。

3 春になる前に亡くなる人は少なかった。

4 一日中ぺちゃくちゃおしゃべりする人が多かった。

58 それでも先生たちの発病はすこしもへらなかったとあるが、なぜか。

1 病気が速いスピードで日本中に広がってしまったから。

2 ハンカチでは白墨の粉を防ぎきれなかったから。

3 声を出す時に白墨の粉を吸ってしまっていたから。

4 大声を出したりしゃべり続けたりしたことで体調を崩していたから。

問題10　次の文章を読んで、後の問いに対する答えとして最もよいものを、1・2・3・4から一つ選びなさい。

「住まいの中の君の居場所はどこか?」と問われて「自分の部屋」と、自覚的に答えられるのは、五、六歳になってからでしょうか。

しかしその時期をすぎても、実際には自室をもっている子でさえ、宿題はダイニングテーブルやリビングでやるという場合が、とても多いとききます。玩具やゲーム機で遊ぶのもリビングで、けっきょく自室に入るのは眠るときだけ。こんな子が少なくありません。

その理由の一つは子供も親も、家にいる時間がどんどんへっていることにあります。今、共働きの世帯は専業主婦世帯のほぼ二倍にあたる約1100万世帯で、これからも増加するとみられています。しかも労働時間はいっこうにへらず長いまま。親が家にいない時間が長くなるにつれて、子供もやはり家にいない時間が増えていきました。起きている時間のうちの大半を、自宅ではなく保育園などで過ごす子も多い。こんな状況ですから、親子のふれあう時間そのものが少ないのです。

①こうしたなかで、親子のコミュニケーション、ふれあいの機会を空間的にどうにか捻出しようという働きかけが、ハウスメーカー（注1）から出ています。

たとえば三井ホームは「学寝分離」、ミサワホームは「寝学分離」をテーマにした住まいを広めようとしています。

「寝」というのは睡眠の場所、「学」というのは遊びを含む学びの場所のことです。これを分離するというのはどういうことでしょうか。

「家族のコミュニケーションを高めるために、子供室はあくまで“寝る部屋”と位置づけ、“学ぶ部屋”“くつろげる場所”を共有空間などの別の場所に設けるという考え方」（三井ホーム・シュシュ）

これまでの子供部屋はしっかり集中して勉強ができる空間、ゆっくりと安眠できる空間、また読書や音楽鑑賞といった個人の趣味や息抜きをする空間として考えられていました。いわばそこは子供にとってのオールマイティ（注2）な場所でした。

しかし、それでは親と子供がふれあう時間がなくなる。そこで、②子供部屋がほんらい発揮すべき役割を、家の中の他の場所にもつくって、そこをコミュニケーションの場としても活用しようというわけです。

（藤原智美『集中力・思考力は個室でこそ磨かれる なぜ、「子供部屋」をつくるのか』廣済堂出版による）

（注1）ハウスメーカー：家づくりのサービスを行っている会社
（注2）オールマイティ：何でも完全にできること

59 子供と部屋の関係について、筆者はどのように述べているか。

1　家の中に居場所がないと感じている五、六歳以下の子供は多い。

2　子供は自分の部屋で寝ることが少ない。

3　自分の部屋を持たない子供が増(ふ)えている。

4　子供部屋で遊んだりゲームをしたりする子供は少ない。

60 ①こうしたなかでとあるが、どのようなことか。

1　共働きが増え、保育園などに通う子供が増えた。

2　子供が寝る時間が増え、親子のふれあう時間が減った。

3　親が、子供の家にいる時間を減らそうとしている。

4　専業主婦が増えており、これからも増えていく。

61 「学寝分離」、「寝学分離」の意味として正しいのはどれか。

1　子供を家族から離れたところで寝かせること

2　子供が勉強する場所と、家族で過ごす場所を分けること

3　子供が寝る以外の時間に家族と一緒に過ごせる場所を作ること

4　共有空間では家族でくつろぎ、子供部屋では子供を自由に遊ばせること

62 ②子供部屋がほんらい発揮すべき役割について、筆者はどのように述べているか。

1　子供にとって安心して寝られる場所であること

2　子供と親がいつでもくつろげる空間であること

3　子供にとって何でも安心してできる場所であること

4　子供と親がコミュニケーションできる場所であること

問題11　次のAとBの文章を読んで、後の問いに対する答えとして最もよいものを、1・2・3・4から一つ選びなさい。

A

私は幼稚園の運動会での写真撮影禁止に賛成です。写真には、子供も先生も他の親たちもみんな写ってしまうのです。それが嫌な人もいるわけですよ。それに、写真に残さないといけないという脅迫観念の中で生きている人が多いのですが、撮って満足しているだけじゃないんですか。撮影のための場所取りに必死になって、他の人の邪魔になったり、運動会を見に来ているのか撮影だけに来ているのか、わからなくなったりしている人が多いです。幼稚園側も、肉眼でしっかり子供を見て、成長を目に焼き付けてもらいたいんじゃないでしょうか。私は写真撮影しても、後日見返したことがないです。実際の目で見たほうが、終わってからの満足感を得られると思います。

B

運動会の写真撮影を禁止する幼稚園があるそうですが、それは仕方のないことだと思います。最近はモラル(注)のない親が多いので、撮影の場所取りなどで保護者同士のトラブルになったら、幼稚園にクレームが殺到しますよね。幼稚園側からすれば、そのようなクレームに対応できないというのが本音でしょう。また、保護者の方たちは、撮影していると自分の子供ばかりに目が行きがちですが、幼稚園側としては、先生方の声かけや他の子供たちとのかかわり方などにも目を向けてもらいたいのではないでしょうか。それと、親が撮影に熱心になりすぎて、拍手や声援がまばらになるので、子供たちのやる気に影響してしまうのではないかと思います。子供と目を合わせて、見てるよ、応援してるよ、とアイコンタクトする。そういった温かいやり取りが忘れられているように思います。

（注）モラル：いいことと悪いことや正しいことと正しくないことを見極めるための普遍的な行動基準

63 幼稚園での運動会の写真撮影について、AとBはどのように述べているか。

1 AもBも、自分の子供以外の人を撮影してしまうことがよくないと述べている。

2 AもBも、幼稚園側がクレームに対応できないからよくないと述べている。

3 Aは写真に残して後日見返さないのはよくないと述べ、Bは撮影で親同士がケンカになることがよくないと述べている。

4 Aは写真を撮るだけで満足している親が多いと述べ、Bは子供たちのやる気に影響していると述べている。

64 幼稚園側の意見について、AとBはどのように推測しているか。

1 Aは先生が写真に写り込むことを嫌っているのだろうと述べ、Bは拍手や声援を増やしてほしいのだろうと述べている。

2 Aは場所取りなどで他の人の邪魔にならないでほしいのだろうと述べ、Bはクレームを避けようとしていると述べている。

3 Aはカメラ越しではなく直接子供を見てほしいのだろうと述べ、Bは自分の子供だけでなく他の子供とのかかわり方も見てほしいのだろうと述べている。

4 Aは撮影が目的の人には別の場所で見てほしいのだろうと述べ、Bは子供とアイコンタクトしてほしいのだろうと述べている。

問題12 次の文章を読んで、後の問いに対する答えとして最もよいものを、1・2・3・4から一つ選びなさい。

少子化と、超高齢化で、将来的に労働力が不足し、生産力が激減するということで、移民(注1)の受け入れと並んで、高齢者の雇用延長、再雇用が奨励されるようになった。定年(注2)も1970年代には55歳だったものが、その後60歳、さらに、改正高年齢者雇用安定法により、65歳までの雇用確保が定着しつつある。(中略)

アメリカのように定年制がない国もあるが、日本の定年がどうやって決められているのか、わたしにはよくわからない。おそらく平均寿命から算出されているのかも知れない。長く続いた「55歳定年制」だが、日本人の平均寿命が40歳代前半だった二十世紀初頭に、日本郵船が設けた社員休職規則が起源という説が有力だ。今や、平均寿命は80歳を超えているわけだから、65歳まではもちろん、ひょっとしたら70歳、いや75歳までは働けるのではないか、といったムードがあるように思う。そしてメディアは、「いくつになっても働きたい、現役でいたい」という人々を好んで取り上げる。働いてこそ幸福、という世論が醸成(じょうせい)(注3)されつつある感じもする。

だが、果たして、①歳を取っても働くべきという考え方は正しいのだろうか。「村上(むらかみ)さんは会社勤めじゃないから定年なんかなくていいですね」と言われることがあり、「まあ、そうですけどね」とか曖昧(あいまい)に対応するが、内心「ほっといて(注4)くれ」と思う。

パワーが落ちてきたのを実感し、「もう働きたくない」という人だって大勢いるに違いない。「ゆっくり、のんびりしたい」と思っていて、経済的余裕があれば、無理して働く必要はないと個人的にはそう思う。さらに②不可解なのは、冒険的な行為に挑む年寄りを称賛する傾向だ。歳を取ったら無理をしてはいけないという常識は間違っていない。冒険なんかされると、元気づけられるどころか、あの人に比べると自分はダメなのではないかと、気分が沈む。勘違いしないで欲しいが、年寄りは冒険をするなと言っているわけではない。冒険するのも、自重するのも、個人の自由であって、一方を賛美すべきではないということだ。

わたしは、60歳を過ぎた今でも小説を書いていることに対し、別に何とも思わない。伝えたいことがあり、物語を構成していく知力がとりあえずまだ残っていて、かつ経済面でも効率的なので、書いているだけで、幸福だとか、恵まれているとか、まったく思ったことはない。「避ける」「逃げる」「休む」「サボる」そういった行為が全否定されているような社会は、息苦しい。

(村上龍『おしゃれと無縁に生きる』幻冬舎による)

(注1) 移民:外国に移り住む人
(注2) 定年:会社などで退職するように決められた年齢
(注3) 醸成(じょうせい)される:次第に作り上げられる
(注4) ほっといて:ほうっておいて

65 筆者によると、日本の定年制に対する世間の意見はどのようなものか。

1 平均寿命が伸びたので、定年も65歳に引き上げるべきだ。

2 老人は移民よりも仕事ができるので、定年を過ぎても仕事を続けるべきだ。

3 歳老いても働くことはいいことなので、定年は75歳でもいいかもしれない。

4 労働力が不足しているので、定年を設定せず、たくさんの人を長く働かせたほうがいい。

66 ①歳を取っても働くべきという考え方について、筆者はどのように考えているか。

1 平均寿命が延びたのだから、歳を取っても働くのは当然だ。

2 経済的に働く必要がなければ、無理に働かなくてもいい。

3 働くことは幸福なことなので、歳を取っても働くのは素晴らしい。

4 歳を取ったら無理をしないほうがいいから、反対だ。

67 筆者が②不可解だと感じているのはどのようなことか。

1 なぜ人々は冒険する老人をすばらしいとほめるのかということ

2 なぜ自分には冒険する元気がないのかということ

3 なぜ人は歳を取っても挑戦し続けようとするのかということ

4 なぜ歳を取ったら無理をしてはいけないと思うのかということ

68 筆者が最も伝えたいことは何か。

1 年寄りが力を発揮できるように応援するべきだ。

2 無理をしている老人を見るのは心苦しい。

3 小説家にも会社勤めと同じように定年の制度が必要だ。

4 歳を取ってもがんばり続けなければならないという社会は嫌だ。

問題13　右のページは、旅行のパンフレットである。下の問いに対する答えとして最もよいものを、1・2・3・4から一つ選びなさい。

69 8月10日に田中さん夫婦は特急列車に乗って温泉ホテルに泊まりに行く予定だが、なるべく安く泊まりたい。田中さんは55歳、田中さんの奥さんは48歳。温泉ホテルまでの特急列車の通常の値段は一人片道3000円である。どのプランが一番安いか。

1　月の館の宿泊プランA

2　光の館の宿泊プランA

3　月の館の宿泊プランB

4　光の館の宿泊プランB

70 8月25日に山本さん家族は4人（大人２人、中学生１人、小学生１人）で光の館に泊まりたい。山本さんは43歳、山本さんの奥さんは40歳。温泉ホテルまでは車で行く予定である。いくらになるか。

1　34,000円

2　37,000円

3　41,000円

4　44,500円

7/30～8/31　夏の宿泊キャンペーン！

ホテルABC鬼怒川

鬼怒川温泉駅から徒歩6分。四季折々に姿を変える山々に囲まれ、露天風呂からは鬼怒川を一望できる、伝統ある温泉宿です。源泉100%の天然温泉で、効果を肌で実感できます。お食事は郷土料理を含む和洋中の朝食及び夕食をご堪能いただけます。お客様を心からおもてなしいたします。

【客室】 月の館　バス・トイレ付和室（2～6名）　　光の館　バス・トイレ付和室（2～5名）

【基本代金（お一人様/単位：円）】

［宿泊プランA］　1泊夕食・朝食付（夕食は90分飲み放題付き）

区分（1室利用人員）	宿泊プランA
おとな（中学生以上）	**10,000**
こども（小学生）	**7,000**
こども（4歳以上の未就学児）	**5,000**

※0～3歳児のお子様は代金不要でご利用いただけます。
1室利用人員には含めません。

※光の館はリニューアル一周年となりました。光の館にご宿泊の場合、上記基本代金に各1名様につき、おとな（中学生以上）2,000円、こども（小学生）1,500円、こども（4歳以上の未就学児）1,000円が加算されます。

キャンペーン特典

①お一人様一杯の**ウェルカムドリンク**付き！

②ご夫婦どちらかが50歳以上の場合、**光の館5000円引き宿泊券**（次回宿泊時から利用可）をプレゼント！

③お得な**往復特急券付きプランB**をご用意！
宿泊プランAに特急きぬ号往復券（普通車指定一般席/東武浅草⇔鬼怒川温泉）付き。上記基本代金に各1名様につき、おとな5,000円、こども（小学生）3,000円が加算されます。

【 設備】温泉大浴場、貸切風呂、室内温泉プール（期間限定）、アロマセラピー、リフレクソロジー、卓球、カラオケ、宴会場、会議室

第2回

読解

N1_Listening_Test02.mp3

N1

聴解（ちょうかい）

（60分）

注　意
Notes

1. 試験が始まるまで、この問題用紙を開けないでください。
   Do not open this question booklet until the test begins.

2. この問題用紙を持って帰ることはできません。
   Do not take this question booklet with you after the test.

3. 受験番号と名前を下の欄に、受験票と同じように書いてください。
   Write your examinee registration number and name clearly in each box below as written on your test voucher.

4. この問題用紙は、全部で13ページあります。
   This question booklet has 13 pages.

5. この問題用紙にメモをとってもかまいません。
   You may make notes in this question booklet.

受験番号　Examinee Registration Number	

名前　Name	

問題1 N1_2_02

問題1では、まず質問を聞いてください。それから話を聞いて、問題用紙の1から4の中から、最もよいものを一つえらんでください。

例 N1_2_03

1 グッズの数をチェックする
2 客席にゴミが落ちていないか確認する
3 飲み物とお菓子を用意する
4 ポスターを貼る

1番 N1_2_04

1 システムが使えるかテストする

2 出勤管理システムにログインする

3 新しいパスワードを設定する

4 退出ボタンをクリックする

2番 N1_2_05

1 最終のご案内というメール

2 予約管理番号が書かれたメール

3 航空券の引換券が添付されたメール

4 決済完了のメール

3番 N1_2_06

1 車にファイルを取りに行く
2 修理工場の情報を教える
3 修理代の見積もりを取る
4 2万円払う

第2回

4番 N1_2_07

1 部屋を選択する
2 会員登録をする
3 予約をし直す
4 予約をすべてキャンセルする

読解

5番 N1_2_08

1　図書館に行く
2　分析方法を書く
3　フォーマットを変える
4　出典の順序を変える

6番 N1_2_09

1　そうじのコツをネットで調べる
2　そうじ場所のリストを作る
3　そうじ道具を買いに行く
4　必要なさそうなものを箱に入れる

問題2 N1_2_10

問題2では、まず質問を聞いてください。そのあと、問題用紙のせんたくしを読んでください。読む時間があります。それから話を聞いて、問題用紙の1から4の中から、最も良いものを一つえらんでください。

例 N1_2_11

1 役者の顔
2 役者の演技力
3 原作の質
4 演劇のシナリオ

第2回

讀解

1番　N1_2_12

1　パジャマを渡す
2　インターホンを押す
3　面会申込書に記入する
4　面会者用カードを渡す

2番　N1_2_13

1　C会場で夕飯を食べること
2　浴衣を着て夕飯を食べること
3　大浴場まで部屋のタオルを持っていくこと
4　夜9時以降に外出する時玄関の鍵を閉めること

3番 N1_2_14

1 夫が特殊詐欺をしたから
2 詐欺師が自分の留守の時間に来たから
3 夫がお金を孫にあげなかったから
4 夫が秘密の口座を持っていたから

4番 N1_2_15

1 書類がいつ届くか
2 山本さんがいつ席に戻るか
3 忘れ物をいつ送ってもらえるか
4 山本さんがいつ電話をくれるか

5番　N1_2_16

1　３路線が通っていること
2　始発駅であること
3　待機児童がいないこと
4　駅前に居酒屋がないこと

6番　N1_2_17

1　東京支社で働くことになったから
2　この会社を辞めるから
3　大きなプロジェクトが終わったから
4　大阪支社で働くことになったから

7番 N1_2_18

1　洗濯機で洗えるようになった

2　ホックで留められるようになった

3　ホックの数が増えた

4　羽毛の質がよくなった

問題3　N1_2_19

問題3では、問題用紙に何も印刷されていません。この問題は、全体としてどんな内容かを聞く問題です。話の前に質問はありません。まず話を聞いてください。それから、質問とせんたくしを聞いて、1から4の中から、最もよいものを一つえらんでください。

例　N1_2_20

1番　N1_2_21

2番　N1_2_22

3番　N1_2_23

4番　N1_2_24

5番　N1_2_25

6番　N1_2_26

問題4 N1_2_27

問題4では、問題用紙に何も印刷されていません。まず文を聞いてください。それから、それに対する返事を聞いて、1から3の中から、最もよいものを一つえらんでください。

例 N1_2_28

1番 N1_2_29

2番 N1_2_30

3番 N1_2_31

4番 N1_2_32

5番 N1_2_33

6番 N1_2_34

7番 N1_2_35

8番 N1_2_36

9番 N1_2_37

10番 N1_2_38

11番 N1_2_39

12番 N1_2_40

13番 N1_2_41

14番 N1_2_42

問題5 N1_2_43

問題5では、長めの話を聞きます。この問題には練習はありません。
問題用紙にメモをとってもかまいません。

1番、2番

問題用紙に何も印刷されていません。まず話を聞いてください。それから、質問とせんたくしを聞いて、1から4の中から、最もよいものを一つえらんでください。

1番 N1_2_44

2番 N1_2_45

3番(ばん) N1_2_46

まず話(はなし)を聞(き)いてください。それから、二(ふた)つの質問(しつもん)を聞(き)いて、それぞれ問題用紙(もんだいようし)の1から4の中(なか)から、最(もっと)もよいものを一(ひと)つえらんでください。

質問(しつもん)1 N1_2_47

1 A館(かん)
2 B館(かん)
3 本館(ほんかん)2階(かい)
4 本館(ほんかん)3階(がい)

質問(しつもん)2

1 A館(かん)
2 B館(かん)
3 本館(ほんかん)2階(かい)
4 本館(ほんかん)3階(がい)

N1

言語知識（文字・語彙・文法）・読解

（110分）

注　　意

Notes

1. 試験が始まるまで、この問題用紙を開けないでください。
   Do not open this question booklet until the test begins.

2. この問題用紙を持って帰ることはできません。
   Do not take this question booklet with you after the test.

3. 受験番号と名前を下の欄（らん）に、受験票と同じように書いてください。
   Write your examinee registration number and name clearly in each box below as written on your test voucher.

4. この問題用紙は、全部で30ページあります。
   This question booklet has 30 pages.

5. 問題には解答番号の 1 、 2 、 3 … が付いています。
   解答は、解答用紙にある同じ番号のところにマークしてください。
   One of the row numbers 1 , 2 , 3 … is given for each question. Mark your answer in the same row of the answer sheet.

受験番号　Examinee Registration Number	

名前　Name	

問題1　＿＿＿の言葉の読み方として最もよいものを、1・2・3・4から一つ選びなさい。

1 彼は必死に拒み続けていたが、最後にはあきらめた。

1　たのみ　　2　こばみ　　3　からみ　　4　せがみ

2 彼には、感情というものが欠如している。

1　けつにょう　　2　けつじょう　　3　けつにょ　　4　けつじょ

3 この指輪は一見高そうだが、実はそうではない。

1　いちみ　　2　ひとみ　　3　いっけん　　4　ひっけん

4 彼は巧みな手さばきで、ドレスを縫い上げた。

1　うまみ　　2　たくみ　　3　こうみ　　4　しくみ

5 朝、具合が悪くて寒気がしたので、会社を休んだ。

1　さむき　　2　かんき　　3　さむけ　　4　かんけ

6 紅葉を眺めながらの露天風呂は、なかなか風情がある。

1　ふぜい　　2　ふうぜい　　3　ふうじょう　　4　ふじょう

問題２　（　　　）に入れるのに最もよいものを、１・２・３・４から一つ選びなさい。

7 彼は大気汚染に関する講演を聞いてから、（　　　）カーに乗るようになった。

1　コネ　　2　ラフ　　3　エコ　　4　オフ

8 教授の話を熱心に聞いていた学生たちは、何度も（　　　）いた。

1　うつむいて　　2　よそみして　　3　うなずいて　　4　さぼって

9 母は私のすることに（　　　）文句をいう。

1　いちいち　　2　さめざめ　　3　やすやす　　4　もぐもぐ

10 先ほどお渡しした資料に間違いがありましたので、こちらに（　　　）ください。

1　立て替えて　　2　差し替えて　　3　立て直して　　4　差し直して

11 今年大学を卒業して、地元の企業に新卒で（　　　）された。

1　再開　　2　採用　　3　起用　　4　就職

12 友達にひどいことを言ってしまい、とても（　　　）しています。

1　未遂　　2　失敗　　3　未練　　4　後悔

13 他社との競争に勝つため、商品の（　　　）化をはかった。

1　差別　　2　隔離　　3　相違　　4　誤差

問題3 ＿＿＿の言葉に意味が最も近いものを、1・2・3・4から一つ選びなさい。

14 もう大人なんだから、軽はずみな行動をするな。

1 軽快な　2 簡単な　3 単純な　4 軽率な

15 夢をかなえるために、多くの留学生が日本で学んでいる。

1 実現する　2 獲得する　3 届ける　4 見つける

16 先方には再三お願いのメールを送っていますが、まだお返事がありません。

1 いつも　2 何度も　3 ずっと前に　4 ていねいに

17 少子高齢化による労働力不足が懸念される。

1 可能性がある　2 期待される　3 疑問だ　4 心配だ

18 最近システム部に入った彼は、とても頭が切れる人物だ。

1 怒りやすい　2 落ち着いた　3 有名な　4 賢い

19 その企画の内容について、私は一切知らされていなかった。

1 まったく　2 あまり　3 ほとんど　4 あらかじめ

問題4　次の言葉の使い方として最もよいものを、1・2・3・4から一つ選びなさい。

20 手掛ける

1　今回のプロジェクトは、私が一人で手掛けた初めての仕事だった。

2　急いでいたので、慌ててドアに手掛けてしまい、指をけがした。

3　予約をするためレストランに電話を手掛けたが、かからなかった。

4　スタジアムに集まった約１万人の観客は、一体となって選手に手掛けた。

21 台無し

1　一人暮らしを始めてから台無しをしていたので、ついに熱が出てしまった。

2　一番上の棚の本は台無しなので、私には取れない。

3　月末に給料が入ると、ついつい台無しづかいしてしまう。

4　せっかくケーキを焼いたのに、うっかり落としてしまい、台無しになった。

22 切実

1　そんなに切実に運動しないで、少し休んだらどうですか。

2　彼が切実に勉強している姿を見ると、私もやる気が出る。

3　日本において、少子化はますます切実な問題になっている。

4　彼はテニスのことになると、いつも切実になる。

23 沈黙

1　彼は普段は沈黙だが、話しかけると陽気な人だ。

2　私が留守の間、誰が来ても沈黙してくださいね。

3　このことは絶対に沈黙にしておいてと言ったはずなのに。

4　気まずい雰囲気の中、沈黙を破ったのは彼の提案だった。

24 冷静

1　この魚は傷みやすいので、冷静して保存してください。

2　外は暑いが、店内は適度に冷静がきいていて過ごしやすい。

3　気持ちはわかりますが、そんなに興奮しないで、冷静になって話してください。

4　社長の冷静な仕事の進め方のために、多くの社員が苦しんだ。

25 念願

1　子供のころに両親に言われたことを、いつも念願において行動する。

2　大学受験の前に、京都のお寺に念願に行くつもりだ。

3　景気回復の兆しが見えず、経済の先行きを念願している。

4　見事な逆転勝利の末、念願の初優勝を果たした。

問題5　次の文の（　　　）に入れるのに最もよいものを、1・2・3・4から一つ選びなさい。

26 大切な試験が2週間後に迫ってきた。母親の心配を（　　　）、受験生の弟は一日中ゲームばかりしている。

1　なしに　　2　おろか　　3　よそに　　4　なくして

27 あのアイドルグループは今でこそ国民的アイドルにまで成長したが、デビュー後しばらくはCDが売れない時期が続いた。デビュー10年目（　　　）ようやく全国ツアーを行い、一気にファンを増やしていった。

1　にして　　2　にしても　　3　にしては　　4　にしたって

28（インタビューで）

聞き手「子供のころのエピソードをお聞かせいただけますか。」

水谷（みずたに）「勉強家の姉（　　　）、妹の私はいつも外で遊んでばかりいましたね。木登りをしたり、公園で走り回ったり。」

1　はもとより　　2　にひきかえ　　3　とあって　　4　といえども

29 原発事故のために、避難（　　　）方々がいることを知っていますか。この仮設住宅は、そういった方々のために作られ、今なお大勢の住民が暮らしています。

1　を前提とした　　2　を禁じ得ない

3　を余儀なくされた　　4　をものともしない

30 田中（たなか）「おめでとう！ 新しい仕事、決まったんだってね。」

木村（きむら）「ありがとう。やっと就職も決まった（　　　）、しばらくのんびりしようと思ってるよ。」

1　ことには　　2　ことだし　　3　ことなく　　4　ことか

31 山田（やまだ）監督の新作映画の主演女優を知っていますか。彼女は女優業の（　　　）、環境問題のボランティア活動家としても知られています。

1　かたがた　　2　かと思うと　　3　かたわら　　4　がてら

32 忙しい時期かと存じますが、どうかお体に気をつけて（　　　）。

1　お過ごされください　　　　2　お過ごしください

3　お過ごしでしょう　　　　4　お過ごされましょう

33 チャン「毎日問題集を解いて勉強をしているのに、なかなか日本語を話すのがうまくならないんだよね。」

佐藤（さとう）「言葉は、実際に（　　　）上手になっていくものだと思うよ。」

1　使ってこそ　　2　使うともなく　　3　使ってまで　　4　使うことなしに

34 圧倒的な情報力と、最新の情勢に合わせて変化していく機動力こそが、あの企業の一流（　　　）ゆえんだ。

1　たり　　2　たる　　3　なる　　4　なら

35 世界的に有名な歌手が10年ぶりに来日することになり、空港には（　　　）の人が押し寄せた。

1　あふれんばかり　　　　2　あふれたまま

3　あふれっぱなし　　　　4　あふれすぎ

問題6　次の文の＿★＿に入る最もよいものを、1・2・3・4から一つ選びなさい。

（問題例）

あそこで ＿＿＿ ＿＿＿ ＿★＿ ＿＿＿ は山田（やまだ）さんです。

1　テレビ　　2　見ている　　3　を　　4　人

（解答のしかた）

1.　正しい文はこうです。

あそこで ＿＿＿ ＿＿＿ ＿★＿ ＿＿＿ は山田（やまだ）さんです。
1　テレビ　3　を　2　見ている　4　人

2.　＿★＿に入る番号を解答用紙にマークします。

（解答用紙）

（例）	①　●　③　④

36　吉野（よしの）さんは ＿＿＿ ＿＿＿ ＿★＿ ＿＿＿ 科学者になるでしょう。

1　世界的に有名な　　2　天才とは　　3　までも　　4　言えない

37　非情にも ＿＿＿ ＿＿＿ ＿★＿ ＿＿＿ 、台風でりんごが全滅してしまった。

1　まもなく　　2　と喜んでいた　　3　収穫できる　　4　矢先に

38　大型バスが山道を走行中にスリップし、あやうく ＿＿＿ ＿＿＿ ＿★＿ ＿＿＿ 全員無事だった。

1　ところだったが　　2　奇跡的に　　3　なりかねない　　4　大事故に

39 火災の消火や救急によって ＿＿＿ ＿＿＿ ＿★＿ ＿＿＿ 背中合わせの職業だ。

1 子どもたちにとって　　2 あこがれの職業だが

3 実は常に危険と　　4 人々の命を守る消防士は

40 今回の新商品の開発にあたり、 ＿＿＿ ＿＿＿ ＿★＿ ＿＿＿ ので、教えていただけますか。

1 他社の商品との違いに関して　　2 かまいません

3 御社が特に力を入れられた点と　　4 差し支えない範囲で

問題7　次の文章を読んで、文章全体の趣旨を踏まえて、[41]から[45]の中に入る最もよいものを、1・2・3・4から一つ選びなさい。

以下は、小説家が書いたエッセイである。

宇宙論の歴史は、ホーキングの登場[41]、モノ的アプローチからコト的アプローチへ、はっきりと移行していきました。彼は「現象の裏には何が存在するのか」には、ほとんど興味を示しません。「何が起きたのか」という結果にだけ、関心を寄せるのです。

話をわかりやすくするために、比喩的な説明になりますが、金融・経済の世界でモノ的価値観とコト的価値観の違いについて、考えてみましょう。

大昔、人間の経済活動はとても単純で、いわば地に足が着いていました。人々は、狩りの獲物や農作物、金や銀といった「モノ」にしか価値を見出さず、それを物々交換して生活していました。私は、こういう状態を（原始的な）「モノ的世界観」と呼んでいます。

[42]経済が発達すると、モノづくりに励まなくても、物資の移動を仲介するだけで報酬としてモノを受け取り、生活できる人々が生まれました。そして、モノだけが流通していたところに、モノの代わりに価値を表す「貨幣」、つまりお金が使われ始めます。人間社会は、お金とお金が交換されるような状態へと移行していきました。

お金というものは、例えば紙幣なら、インクの染みた紙きれにすぎず、モノとしての価値は断然低いです。もしも一万円札を持って、タイムマシンで物々交換の時代に出かけて行き、猟師が命懸けで獲っていた獲物を指さして「この一万円札と交換して欲しい」と交渉を[43]、それこそぶん殴られて[44]。

でも、現代社会なら話は別です。

お金はモノとモノとの間を媒介しているため、お金というモノ自体に価値があるかのような幻想を生み出しています。このようにモノが主役の座を離れて、モノでないものが重要な役割を演じる[45]状態を私は「コト的世界観」と呼んでいます。

（竹内薫『ホーキング博士 人類と宇宙の未来地図』宝島社による）

41

1　をはじめ　　2　に先立って　　3　に基づいて　　4　をきっかけに

42

1　例えば　　2　やがて　　3　なぜなら　　4　あるいは

43

1　試みようものなら　　2　試みられるものなら

3　試みなかったなら　　4　試みまいとしたなら

44

1　しまうだけましです　　2　しまったも同然です

3　しまいそうです　　4　しまったものです

45

1　ことにした　　2　ようになった　　3　までもない　　4　ほどの

問題8　次の⑴から⑷の文章を読んで、後の問いに対する答えとして最もよいものを、1・2・3・4から一つ選びなさい。

⑴

男の腕時計はだいたい大きい。というより女の腕時計が極端に小さい。最近のはそうでもないが、戦前戦後のすべてが機械式だった時代には、婦人用時計というと極端に小さかった。もともと女性は男性より体が小さいものだが、その体積比を超えてなおぐっと小さかった。そんなに小さくしなくても、と思うほどで、指輪仕立てにした時計もあった。

あの時代は機械は大きくなるもの、という常識が強かったから、小さな時計はそれだけで高級というイメージがあった。女性の時計は機能というより宝飾アクセサリーの面が強いから、よけいにそうなったのだろう。

（赤瀬川原平『赤瀬川原平のライカもいいけど時計がほしい』シーズ・ファクトリーによる）

46 腕時計について、本文の内容に合っているものはどれか。

1　小さい腕時計よりも大きい腕時計のほうが好まれる。

2　女性の腕時計は、男性のものより少し小さく作られている。

3　昔の女性の腕時計は、機能よりファッション性が重視されていた。

4　昔の腕時計は、大きければ大きいほど高級感があった。

(2)

美食の楽しみで、一番必要なものは、実はお金ではなく、これがおいしい、と思える「舌」である。これは金だけで買えるものではない。自分が歩んできた人生によって培(つちか)われるもので、お金ももちろんそれなりにかかっているかもしれないが、億万長者(注)である必要もない。この「舌」つまり味覚は、万人に共通する基準もなく、絶対的なものでもない。

（金美齢『九十歳 美しく生きる』ワックによる）

（注）億万長者：大金持ち

47 筆者の考えに合うのはどれか。

1 味覚は人生経験の影響を受ける。

2 おいしいと感じられる心を持つことは重要である。

3 美食家になるために最も必要なものはお金である。

4 おいしいものは誰にとってもおいしいものである。

第3回

読解

(3)

イタリアは、日本と同じ火山国ですから温泉はいっぱいあるけれど、その素晴らしい大浴場へは、全員が水着で入らなくてはなりません。（中略）だから彼らが日本に来ても、人前で裸になるくらいなら温泉などあきらめてしまいかねないのです。その彼らに日本の素晴らしい温泉、大浴場、山間の岩場の温泉を楽しんでもらうために、私はこうしたらどうかと思うんですね。

つまり、三十分予約制にするのです。彼らは日本のように男女別にしても、他の人たちがいると落ち着かない。だから三十分だけは彼らだけの専用とする。家族や恋人に対してならば、裸でも抵抗感がなくなるから。

（塩野七生『逆襲される文明 日本人へ IV』文藝春秋による）

48 筆者によると、イタリア人に日本の温泉を楽しんでもらうために、どうすればいいか。

1　三十分だけ水着を着てもよいことにする。

2　三十分だけ貸し切りにする。

3　三十分だけ混浴にする。

4　三十分だけ男女別にする。

(4)

知識を増やすことが、若い時には敵(かな)わない(注)んだとすれば、歳を取ってからやるべきは、人が言った事や書いた事じゃなくて、自分の頭で考えた事をまとめることで何かを産み出すこと。いわば創造的な知識です。自分で考えを作るんです。

知識を得るのに忙しい若い人は考える時間もあまりないし、経験も乏しい。歳を取ると、大きいエネルギーはないですが、経験や経済的な力で遠くまで行けるはずです。だからクリエイティブな仕事というのは、案外中年以降、出来るんじゃないかと思いますね。

（外山滋比古「寿司をのどに詰まらせて死ぬ、なんていいね」週刊文春編『私の大往生』文藝春秋による）

（注）敵(かな)わない：ここでは、できない、難しい

49 筆者によると、歳を取ってからやるべきことは何か。

1　若い人に知識を与えること

2　新しい知識を積極的に取り入れること

3　遠い所に旅行に出かけること

4　よく考えて新しい何かを創ること

第3回

読解

問題9　次の⑴から⑶の文章を読んで、後の問いに対する答えとして最もよいものを、1・2・3・4から一つ選びなさい。

⑴

「垂直思考」は、一つの問題を徹底的に深く掘り下げて考えてゆく能力です。ある事象に対して考察を深めて一定の理解が得られたら、「その先に潜む原理は」と一層深い段階を問うてゆきます。ステップを踏んで段階的に進んでゆく論理的な思考、これが垂直思考です。ここでは奥へ奥へと視点を移動させるプロセスが存在します。一つの理解を楔(くさび)(注1)として、そこを新たな視点として、さらにその先を見通すようにして、思索の射程距離を一歩一歩伸ばしてゆくわけです。

「水平思考」もやはり視点が動きますが、垂直思考とは異なり、論理的な展開はそれほど重視されません。むしろ、同じ現象を様々な角度から眺めたり、別々の問題に共通項を見出したり、手持ちの手段を発展的に応用する能力が重要です。垂直思考が緻密(ちみつ)な「詰め将棋(しょうぎ)」(注2)だとすれば、水平思考は自由で大胆な発想によって問題解決を図る「謎解き探偵」です。ここでは、一見難しそうな問題に対して見方を変えることで再解釈する「柔軟性」や、過去に得た経験を自在に転用する「 機転」が問われます。つまり、推理力や応用力や創造力を生み出す「発想力」が水平思考です。

（池谷裕二『メンタルローテーション “回転脳”をつくる』扶桑社による）

（注1）楔(くさび)：物を割ったり、物同士が離れないように圧迫したりするために使う、V字形の木片
（注2）詰め将棋(しょうぎ)：将棋(しょうぎ)のルールを用いたパズル

50 垂直思考とはどのような考え方か。

1　順を追って先へ先へと考えを深めていく考え方
2　二者択一によって論理的に答えを追究する考え方
3　自分の感性の赴くままに、直感で考える考え方
4　優先順位をつけて、重要なものから解決していく考え方

51 水平思考によって問題を解決しているのはどれか。

1　身体の柔らかさや俊敏さによって犯人を追い詰める。
2　犯人が落とした物の製造元を調べて犯人をつきとめる。
3　似たような事件のパターンに当てはめて推測する。
4　犯人が残した指紋から犯人を割り出す。

52「垂直思考」と「水平思考」に共通することは何か。

1　論理的な思考が重視されること

2　大胆な発想が求められること

3　視点を動かしながら考えること

4　柔軟性が必要なこと

(2)

ファンタジーはどうして、一般に①評判が悪いのだろう。それはアメリカの図書館員も言ったように、現実からの逃避(注1)として考えられるからであろう。あるいは、小・中学校の教師のなかには、子どもがファンタジー(注2)好きになると、科学的な思考法ができなくなるとか、現実と空想がごっちゃ(注3)になってしまうのではないかと心配する人もある。しかし、実際はそうではない。子どもたちはファンタジーと現実の差をよく知っている。たとえば、子どもたちがウルトラマン(注4)に感激して、どれほどその真似をするにしても、実際に空を飛ぼうとして死傷したなどということは聞いたことがない。ファンタジーの中で動物が話すのを別に不思議がりはしない子どもたちが、実際に動物が人間の言葉を話すことを期待することがあるだろうか。②子どもたちは非常によく知っている。彼らは現実とファンタジーを取り違えたりしない。それでは、子どもたちはどうして、ファンタジーをあれほど好むのだろう。それは現実からの逃避なのだろうか。

子どもたちがファンタジーを好むのは、それが彼らの心にぴったり来るからなのだ。あるいは、彼らの内的世界を表現している、と言ってもいいだろう。人間の内的世界においても、外的世界と同様に、戦いや破壊や救済などのドラマが生じているのである。それがファンタジーとして表現される。

（河合隼雄『河合隼雄と子どもの目 ＜うさぎ穴＞からの発信』創元社による）

（注1）逃避：避けて逃げること
（注2）ファンタジー：現実の世界ではない空想の世界
（注3）ごっちゃになる：一緒にまじりあって区別がつかなくなる
（注4）ウルトラマン：1960年代に日本のテレビで放送された特撮番組のヒーロー

53 一般的に、ファンタジーが①評判が悪いのはなぜか。

1 現実社会で問題が起きた時、その問題に真剣に向き合いすぎると考えられているから
2 ファンタジーの中の世界を不思議に思う子どもが多いと考えられているから
3 ファンタジーが好きな子どもほど科学を嫌いになる傾向があると考えられているから
4 現実とファンタジーの中の世界を区別できなくなる恐れがあると考えられているから

54 ②子どもたちは非常によく知っているとあるが、何を知っているのか。

1 ファンタジーの中の世界は現実からの逃避だということ
2 ファンタジーの中の世界は現実の世界と違うということ
3 ファンタジーの中の世界はとても評判が悪いということ
4 ファンタジーの中の世界はよくドラマになっているということ

55 ファンタジーが子どもたちに好まれているのはなぜか。

1　子どもの心の中をよく表しているから

2　子どもの好きなものがたくさん出てくるから

3　日常生活で経験できないことが書いてあるから

4　現実世界よりもドラマチックだから

(3)

①ある人が社会人になって営業職についたのだが、発注する数を間違うというミスを連発してしまった。書類作成などでは大変高い能力を発揮する社員だったので、上司は「キミみたいな人がどうしてこんな単純なミスをするのか」と首をひねった。社員は「気をつけます」と謝ったが、その後もまた同じミスを繰り返す。

あるとき上司は、「キミのミスは、クライアント(注1)と直接、会って注文を受けたときに限って起きている。メールのやり取りでの発注では起きていない。もしかすると聴力に問題があるのではないか」と気づき、耳鼻科を受診するように勧めた。その言葉に従って大学病院の耳鼻科を受診してみると、はたして特殊な音域(注2)に限定された聴力障害があり、低い声の人との会話は正確に聴き取れていないことがわかったのだ。

耳鼻科の医師は「この聴力障害は子どもの頃からあったものと考えられますね」と言ったが、②本人も今までそれに気づかずに来た。もちろん小学校の頃から健康診断で聴力検査は受けてきたのだが、検査員がスイッチを押すタイミングを見て「聴こえました」と答えてきた。また、授業や日常会話ではそれほど不自由も感じなかった、という。だいたいの雰囲気で話を合わせることもでき、学生時代は少しくらいアバウト(注3)な会話になったとしても、誰も気にしなかったのだろう。

(香山リカ『「発達障害」と言いたがる人たち』SBクリエイティブによる)

(注1) クライアント：ここでは、取引先
(注2) 音域：音の高さの範囲
(注3) アバウトな：いい加減な、おおざっぱな

56 筆者によると、①ある人とはどのような人か。

1 書類作成で何度も単純なミスを連発している人
2 上司に注意されても謝ろうとしない人
3 営業で高い能力を発揮している人
4 発注するときに簡単な間違いを繰り返す人

57 上司が部下に対してとった行動はどれか。

1 部下のミスに対して腹を立てた。

2 部下に自分も同じ障害を持っていると話した。

3 部下に病院に行くように促した。

4 部下がミスを繰り返さないよう、仕事の内容を変えた。

58 ②本人も今まで気づかずに来たとあるが、なぜか。

1 会話を全部聞き取れなくても、問題なくコミュニケーションがとれたから

2 特殊な音が聴き取れて、友だちとアバウトな会話ができたから

3 授業で先生の話を熱心に聞いていて、困らなかったから

4 健康診断はあっても、聴力を調べてもらう機会がなかったから

問題10　次の文章を読んで、後の問いに対する答えとして最もよいものを、1・2・3・4から一つ選びなさい。

①文章の本質は「ウソ」です。ウソという表現にびっくりした人は、それを演出という言葉に置きかえてみてください。

いずれにしてもすべての文章は、それが文章の形になった瞬間に何らかの創作が含まれます。良い悪いではありません。好むと好まざるとにかかわらず、文章を書くという行為はそうした性質をもっています。

②動物園に遊びに行った感想を求められたとしましょう。「どんな様子だったのか話して」と頼まれたなら、おそらくたいていの子は何の苦もなく感想を述べることができるはずです。ところが、「 様子を文章に書いて」というと、途端に多くの子が困ってしまう。それはなぜか。同じ内容を同じ言葉で伝えるとしても、話し言葉と書き言葉は質が異なるからです。

巨大なゾウを見て、思わず「大きい」と口走ったとします。このように反射的に発せられた話し言葉は、まじり気(注1)のない素(す)の言葉です。しかし、それを文字で表現しようとした瞬間、言葉は思考のフィルター(注2)をくぐりぬけて(注3)変質していきます。

「『大きい』より『でかい』のほうがふさわしいのではないか」

「『大きい！』というように、感嘆符(注4)をつけたらどうだろう」

「カバが隣にいたとあえてウソをついて、『カバの二倍はあった』と表現すれば伝わるかもしれない」

人は自分の見聞きした事柄や考えを文字に起こすプロセスで、言葉を選択したり何らかの修飾を考えます。言葉の選択や修飾は演出そのもの。そうした積み重ねが文章になるのだから、原理的に「文章にはウソや演出が含まれる。あるいは隠されている」といえます。

ある文章術の本に、③「見たもの、感じたものを、ありのままに自然体で書けばいい」というアドバイスが載っていました。「ありのままに」といわれると、何だか気楽に取り組めるような気がします。

しかし、このアドバイスが実際に文章に悩む人の役に立つことはないでしょう。

ありのままに描写した文章など存在しないのに、それを追い求めるのは無茶な話です。文章の本質は創作であり、その本質から目を背けて耳に心地よいアドバイスに飛びついても、文章はうまくはならない。

（藤原智美『文は一行目から書かなくていい　検索、コピペ時代の文章術』プレジデント社による）

（注1）まじり気のない：何もまざっていない、純粋な
（注2）フィルター：不純物を取り除く装置
（注3）くぐり抜ける：くぐって通り抜ける
（注4）感嘆符：感動・興奮・強調・驚きなどの感情を表す「！」の符号

59 ①文章の本質は「ウソ」ですとあるが、それについて筆者はどのように述べているか。

1　本当はよくないことだが、仕方がない。
2　当然のことであり、良いか悪いかは問題ではない。
3　以前は嫌いだったが、今は受け入れられるようになった。
4　決して正しい事実ではない。

60 ②動物園に遊びに行った感想を求められた多くの子供の反応はどれか。

1　言葉を選びながら、ゆっくりと話すことができる。
2　話す内容をよく考えてから、きちんと話すことができる。
3　何を話せばいいかわからず、困ってしまう。
4　反射的にすらすらと話すことができる。

61 ③「見たもの、感じたものを、ありのままに自然体で書けばいい」というアドバイスについて、筆者はどのように考えているか。

1　絶対に不可能なことである。
2　簡単にできそうである。
3　文章の本質をついたアドバイスである。
4　慣れていない人にとっては難しすぎる。

62 この文章で筆者の考えに合うのはどれか。

1　優れた文章とは、ウソの多い文章である。
2　文章を書くという行為は、演出であり、創作である。
3　ありのままに書こうとすると、文章が下手になる。
4　文章を書く時は、きちんとしたアドバイスに従うべきである。

問題11　次のAとBの文章を読んで、後の問いに対する答えとして最もよいものを、1・2・3・4から一つ選びなさい。

A

男性の育児休暇の取得義務化について、私は慎重派です。日本の大半の夫婦は男性が主な稼ぎ手のため、育休(注1)を義務付けたら収入が減り、将来につながる重要な仕事のチャンスを失う恐れがあると思います。義務化するのではなく、男性の育児参加を増やすために、短時間勤務や残業免除などの制度を利用しやすくするほうが現実的なのではないでしょうか。育児経験は仕事にも役立ち、人生をより豊かにしてくれるという、育児の意外な効用もあると思います。まずは、社会、企業の意識改革必要であると考えます。

B

私は、男性の育児休暇義務化には、よい面と悪い面のどちらもあると思います。産まれたばかりの新生児(注2)という貴重な期間に、夫婦そろって赤ん坊と過ごせるのは幸せなことですし、その後の父子関係や家族のあり方によい影響を与えてくれると思います。また、育児に積極的に関わり、家族の健康維持や効率のよい家事育児の仕方について考えることによって、ビジネススキル(注3)を磨くことにもつながると思います。ただ、家事育児への意識と能力が高い人であればいいのですが、お昼になったら平気で「ごはんは?」と言ってくるタイプの夫の場合は、仕事に行って稼いでくれたほうがましかもしれません。それに、出産前後だけ休暇を取ってもあまり意味はないかな、とも思います。義務化するより、普段から継続的に家事や育児ができる体制にしたほうがよっぽど意味があるのではないでしょうか。

（注1）育休：育児休暇のこと
（注2）新生児：生まれたばかりの赤ちゃん
（注3）ビジネススキル：ビジネスにおいて必要な能力

63 男性の育児休暇義務化の良い点について、AとBはどのように述べているか。

1　Aは男性の採用が有利になると述べ、Bはその後の親子関係がよくなると述べている。

2　Aは人生がより充実すると述べ、Bは会社での昇進につながると述べている。

3　AもBも、育児や家事の経験が仕事でも役立つと述べている。

4　AもBも、収入が減るなどの不利益があると述べている。

64 育児休暇について、AとBで共通して提案していることは何か。

1　育休中の男性の収入を減らさないような体制を作ること

2　育休前に男性の家事育児の意識と能力を高めておくこと

3　男性が育休中に重要なビジネスチャンスを逃さないように保障すること

4　男性が普段から家事や育児に参加しやすくなるような仕組みを作ること

問題12　次の文章を読んで、後の問いに対する答えとして最もよいものを、1・2・3・4から一つ選びなさい。

①かつての遊びにおいては、子どもたちは一日に何度も息を切らし汗をかいた。自分の身体の全エネルギーを使い果たす毎日の過ごし方が、子どもの心身にとっては、測りがたい重大な意味を持っている。

この二十年ほどで、子どもの遊びの世界、②特に男の子の遊びは激変した。外遊びが、極端に減ったのである。一日のうちで息を切らしたり、汗をかいたりすることが全くない過ごし方をする子どもが圧倒的に増えた。子ども同士が集まって野球をしたりすることも少なくなり、遊びの中心は室内でのテレビゲームに完全に移行した。身体文化という視座(注1)から見たときに、男の子のこの遊びの変化は、看過できない(注2)重大な意味を持っている。

相撲(すもう)やチャンバラ遊び(注3)や鬼ごっこ(注4)といったものは、室町時代や江戸時代から連綿(注5)として続いてきた遊びである。明治維新や敗戦、昭和の高度経済成長といった生活様式の激変にもかかわらず、子どもの世界では、数百年以上続いてきた伝統的な遊びが日常の遊びとして維持されてきたのである。

しかし、それが1980年代のテレビゲームの普及により、絶滅状態にまで追い込まれている。これは単なる流行の問題ではない。意識的に臨ま(注6)なければ取り返すことの難しい身体文化の喪失である。かつての遊びは、身体の中心感覚を鍛え、他者とのコミュニケーション力を鍛える機能を果たしていた。これらはひっくるめて(注7)自己形成のプロセスである。

コミュニケーションの基本は、身体と身体の触れ合いである。そこから他者に対する信頼感や距離感といったものを学んでいく。たとえば、相撲(すもう)を何度も何度も取れば、他人の体と自分の体の触れ合う感覚が蓄積されていく。他者と肌を触れ合わすことが苦にならなくなるということは、他者への基本的信頼が増したということである。これが大人になってからの通常のコミュニケーション力の基礎、土台となる。自己と他者に対する信頼感を、かつての遊びは育てる機能を担っていたのである。

この身体を使った遊びの衰退に関しては、伝統工芸の保存といったものとは区別して考えられる必要がある。身体全体を使ったかつての遊びは、日常の大半を占めていた活動であり、なおかつ自己形成に大きく関わっていた問題だからである。歌舞伎や伝統工芸といったものは、もちろん保存継承がされるべきものである。しかし、現在、より重要なのは、自己形成に関わっていた日常的な身体文化のものの価値である。

（土居健郎・齋藤孝『「甘え」と日本人』KADOKAWAによる）

（注1）視座：視点
（注2）看過できない：見過ごせない
（注3）チャンバラ遊び：枝や傘を刀に見立てて斬り合うふりをする遊び
（注4）鬼ごっこ：一人が鬼になって他の者たちを追い回し、捕まった者が次の鬼になる遊び

（注5）連綿：途絶えずに長く続くようす
（注6）臨む：立ち向かう
（注7）ひっくるめる：ひとつにまとめる

65 ①かつての遊びとはどのような遊びか。

1　二十年前から続いている外遊び
2　テレビゲームに人気を超されそうな遊び
3　時代と共に姿を変えてきた遊び
4　体を使って多くのエネルギーを消耗する遊び

66 ②特に男の子の遊びは激変したとあるが、どのように変化したか。

1　外遊びも伝統的な遊びも完全になくなった。
2　伝統的な遊びが日常の遊びとして定着した。
3　遊びの中心がコミュニケーションを育てるゲームに移った。
4　遊びの中心が身体を使った外遊びからテレビゲームに移った。

67 かつての遊びの機能として筆者が述べているのはどれか。

1　ボディタッチなどで他の人の肌に触れることが好きになる。
2　他の人と上手にコミュニケーションできることにつながる。
3　汗をかきながら体を動かすことで、健康になる。
4　誰のことも、心から信じられるようになる。

68 筆者が最も伝えたいことは何か。

1　かつての遊びは、歌舞伎や伝統工芸よりも重要な文化である。
2　かつての遊びは、歌舞伎と同様、衰退していくものである。
3　かつての遊びは、伝統工芸とは異なり、身体を鍛えられるという点で優れている。
4　かつての遊びは、伝統文化よりも身近な文化であるため、その価値を軽視しやすい。

問題13　右のページは、アルバイト募集の広告である。下の問いに対する答えとして最もよいものを、1・2・3・4から一つ選びなさい。

69 マリさんは、日本語と英語を活かした仕事がしたい。日本語と英語は上級レベルである。今までアルバイトをした経験はない。土日勤務はなるべく避けたい。マリさんに合うアルバイトはどれか。

1　①

2　②

3　③

4　④

70 イさんは、日本のデパートで働いた経験がある。日本語は上級レベル、英語は中級レベルである。将来正社員になることを目指して長期的に働きたい。できれば残業はしたくない。イさんに合うアルバイトはどれか。

1　①

2　②

3　③

4　④

アルバイト募集！

職種	応募資格		給料	その他
	【必須スキル・資格】	【歓迎スキル・資格】		
①スニーカー店での接客販売	・日本語：中級レベル ・土日祝勤務可能な方	・接客が好きな方 ・ランニングや運動に興味がある方	時給 1,300円	職場は10名体制。20～30代の男女スタッフが一緒にワイワイと楽しくお仕事しています。残業ほぼなし。 詳細を見る
②空港内の免税店での接客販売	・日本語：中～上級レベル ・早朝の勤務、夜の勤務などに対応できる方	・英語ができれば尚可 ・未経験者歓迎！ ・ファッションが好きな方 ・人と話すことが好きな方	時給 1,200円	外国人が活躍しています！ 残業あり。正社員登用チャンスあり。 詳細を見る
③空港のWiFiレンタルカウンター	・日本語：中級レベル ・英語：中級レベル ・接客の経験がある方 ・ＰＣスキル（パワーポイント、エクセル、メール） ・最低1年以上は勤務できる方	・明るくてコミュニケーション能力が高い方	時給 1,300円	一緒に働くスタッフは、幅広い年齢層の様々な背景を持った人たちで、みんなとても仲良し。正社員登用チャンスあり。残業ほぼなし。 詳細を見る
④ホテルスタッフ	・日本語：中級レベル ・韓国語・英語・タイ語のいずれかが堪能であること ・接客・サービス業の経験がある方（アルバイト経験もOK） ・土日祝勤務できる方	・笑顔で接客できる方 ・人と話すのが好きな方 ・お世話をするのが好きな方	時給 1,350円	正社員登用チャンスあり。深夜残業あり。 詳細を見る

合格模試　第3回　　　　　　　　　　　　　　　　**問題用紙**

N1

聴解（ちょうかい）

(60分)

N1_Listening_Test03.mp3

注　　意

Notes

1. 試験が始まるまで、この問題用紙を開けないでください。
   Do not open this question booklet until the test begins.
2. この問題用紙を持って帰ることはできません。
   Do not take this question booklet with you after the test.
3. 受験番号と名前を下の欄に、受験票と同じように書いてください。
   Write your examinee registration number and name clearly in each box below as written on your test voucher.
4. この問題用紙は、全部で13ページあります。
   This question booklet has 13 pages.
5. この問題用紙にメモをとってもいいです。
   You may make notes in this question booklet.

受験番号　Examinee Registration Number	

名前　Name	

問題1 N1_3_02

問題1では、まず質問を聞いてください。それから話を聞いて、問題用紙の1から4の中から、最もよいものを一つえらんでください。

例 N1_3_03

1　グッズの数をチェックする

2　客席にゴミが落ちていないか確認する

3　飲み物とお菓子を用意する

4　ポスターを貼る

第3回

聴解

1番 N1_3_04

1 客に待つように言う
2 客に丁寧に謝る
3 客に飲み物をサービスする
4 客の間違いを指摘する

2番 N1_3_05

1 追加料金を支払う
2 航空券の値段を確認する
3 鈴木さんからのメールを読む
4 航空券の領収書を探す

3番 N1_3_06

1 ホームページ上で手続きを終わらせる
2 お客様相談室に電話する
3 担当者にメールを送る
4 担当者からの連絡を待つ

4番 N1_3_07

1 新しいコピー機を買う
2 代わりのコピー機を借りる
3 コピー機を組み立てる
4 三日間コピー機を使わない

5番 N1_3_08

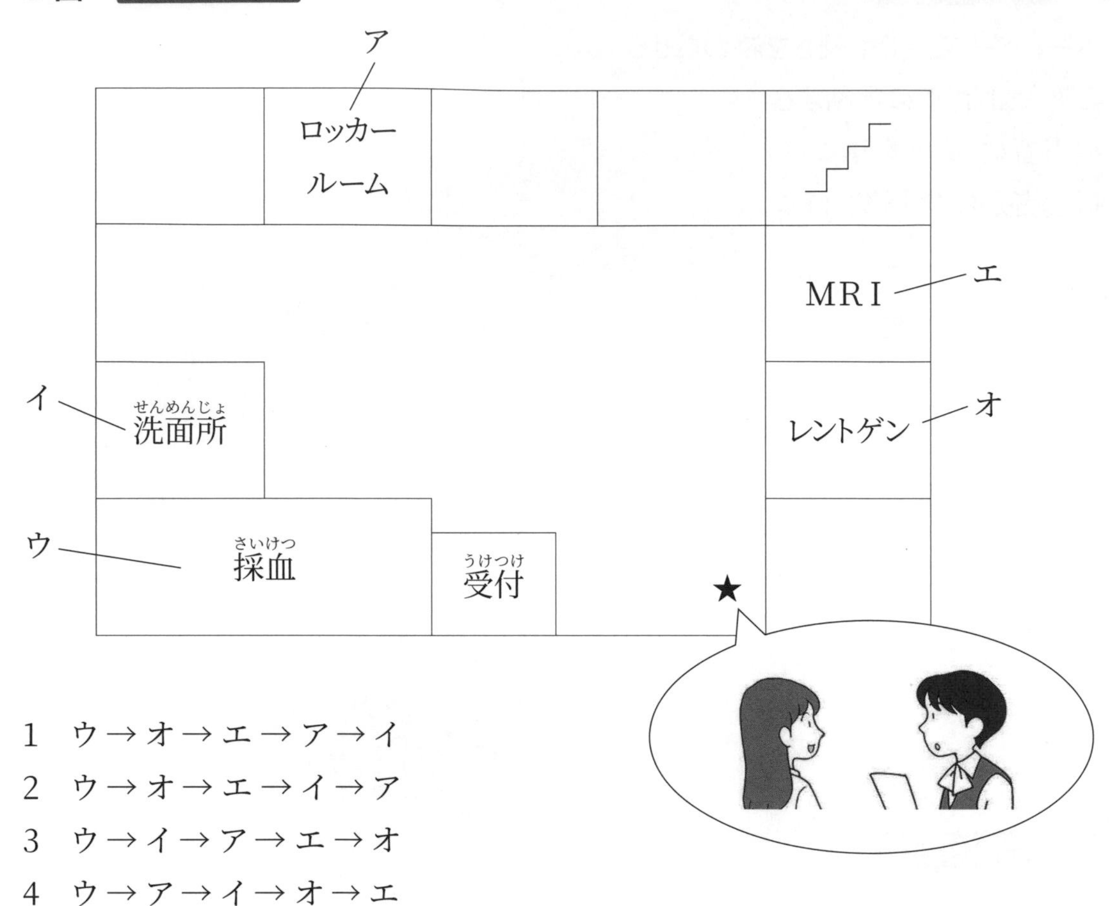

1　ウ→オ→エ→ア→イ
2　ウ→オ→エ→イ→ア
3　ウ→イ→ア→エ→オ
4　ウ→ア→イ→オ→エ

6番 N1_3_09

1　講師用のアンケートを作る
2　会場の備品を確認する
3　座席表を作る
4　講師にメールする

問題2 N1_3_10

問題2では、まず質問を聞いてください。そのあと、問題用紙のせんたくしを読んでください。読む時間があります。それから話を聞いて、問題用紙の1から4の中から、最もよいものを一つえらんでください。

例 N1_3_11

1　役者の顔
2　役者の演技力
3　原作の質
4　演劇のシナリオ

第3回

聴解

1番 N1_3_12

1 紙の吸水性がよくなった

2 ぼかしにくくなった

3 にじみにくくなった

4 紙の表面が強くなった

2番 N1_3_13

1 内容が簡単であること

2 具体的な例が多いこと

3 行動の指針が書いてあること

4 読んだら人気者になれること

3番（ばん） N1_3_14

1 障害者（しょうがいしゃ）が車（くるま）の来（く）る方向（ほうこう）に気（き）づけるようにする
2 障害者用（しょうがいしゃよう）に信号（しんごう）を整備（せいび）する
3 障害者（しょうがいしゃ）のために道路標識（どうろひょうしき）をつける
4 障害者（しょうがいしゃ）が運転（うんてん）しやすい道（みち）をつくる

4番（ばん） N1_3_15

1 食（た）べたらすぐ店（みせ）を出（で）るというルールがあるから
2 お肉（にく）を切（き）った状態（じょうたい）で出（だ）すようにしたから
3 相席（あいせき）してくれた人（ひと）に飲（の）み物（もの）をサービスするようにしたから
4 店（みせ）に来（き）た人全員（ひとぜんいん）に飲（の）み物（もの）をサービスするようにしたから

5番 N1_3_16

1　電話番号にハイフンを入れなかったから
2　パスワードに数字か記号を入れなかったから
3　パスワードが電話番号と同じだったから
4　基本情報を入れていなかったから

6番 N1_3_17

1　社長に気に入られたから
2　前の会社より儲かるから
3　社長に協力したいと思ったから
4　自分の能力を生かせると思ったから

7番 N1_3_18

1　チームがうまくまとまること
2　若い選手が意識を変えること
3　きつい試合に慣れること
4　若い選手が力をつけること

問題3 N1_3_19

問題3では、問題用紙に何も印刷されていません。この問題は、全体としてどんな内容かを聞く問題です。話の前に質問はありません。まず話を聞いてください。それから、質問とせんたくしを聞いて、1から4の中から、最もよいものを一つえらんでください。

例 N1_3_20

1番 N1_3_21

2番 N1_3_22

3番 N1_3_23

4番 N1_3_24

5番 N1_3_25

6番 N1_3_26

問題4　N1_3_27

問題4では、問題用紙に何も印刷されていません。まず文を聞いてください。それから、それに対する返事を聞いて、1から3の中から、最もよいものを一つえらんでください。

例　N1_3_28

1番　N1_3_29

2番　N1_3_30

3番　N1_3_31

4番　N1_3_32

5番　N1_3_33

6番　N1_3_34

7番　N1_3_35

8番　N1_3_36

9番　N1_3_37

10番　N1_3_38

11番　N1_3_39

12番　N1_3_40

13番　N1_3_41

14番　N1_3_42

問題5 N1_3_43

問題5では、長めの話を聞きます。この問題には練習はありません。
問題用紙にメモをとってもかまいません。

1番、2番
問題用紙に何も印刷されていません。まず話を聞いてください。それから、質問とせんたくしを聞いて、1から4の中から、最もよいものを一つえらんでください。

1番 N1_3_44

2番 N1_3_45

3番 N1_3_46

まず話を聞いてください。それから、二つの質問を聞いて、それぞれ問題用紙の1から4の中から、最もよいものを一つえらんでください。

質問1 N1_3_47

1 パイプ枕
2 ふわふわ枕
3 キューブ枕
4 もちもち枕

質問2

1 パイプ枕
2 ふわふわ枕
3 キューブ枕
4 もちもち枕

第3回

聴解

合格模試　解答用紙

N1　言語知識（文字・語彙・文法）・読解

第1回

受験番号 Examinee Registration Number		名前 Name	

〈ちゅうい　Notes〉

1. **くろいえんぴつ（HB、No.2）でかいてください。**
   Use a black medium soft (HB or No.2) pencil.
   （ペンやボールペンではかかないでください。）
   (Do not use any kind of pen.)
2. **かきなおすときは、けしゴムできれいにけしてください。**
   Erase any unintended marks completely.
3. **きたなくしたり、おったりしないでください。**
   Do not soil or bend this sheet.
4. **マークれい** Marking Examples

よいれい Correct Example	わるいれい Incorrect Examples
●	⊘ ✓ ○ ◎ ≋ ◐ ●

問題1				
1	①	②	③	④
2	①	②	③	④
3	①	②	③	④
4	①	②	③	④
5	①	②	③	④
6	①	②	③	④
問題2				
7	①	②	③	④
8	①	②	③	④
9	①	②	③	④
10	①	②	③	④
11	①	②	③	④
12	①	②	③	④
13	①	②	③	④
問題3				
14	①	②	③	④
15	①	②	③	④
16	①	②	③	④
17	①	②	③	④
18	①	②	③	④
19	①	②	③	④
問題4				
20	①	②	③	④
21	①	②	③	④
22	①	②	③	④
23	①	②	③	④
24	①	②	③	④
25	①	②	③	④

問題5				
26	①	②	③	④
27	①	②	③	④
28	①	②	③	④
29	①	②	③	④
30	①	②	③	④
31	①	②	③	④
32	①	②	③	④
33	①	②	③	④
34	①	②	③	④
35	①	②	③	④
問題6				
36	①	②	③	④
37	①	②	③	④
38	①	②	③	④
39	①	②	③	④
40	①	②	③	④
問題7				
41	①	②	③	④
42	①	②	③	④
43	①	②	③	④
44	①	②	③	④
45	①	②	③	④
問題8				
46	①	②	③	④
47	①	②	③	④
48	①	②	③	④
49	①	②	③	④

問題9				
50	①	②	③	④
51	①	②	③	④
52	①	②	③	④
53	①	②	③	④
54	①	②	③	④
55	①	②	③	④
56	①	②	③	④
57	①	②	③	④
58	①	②	③	④
問題10				
59	①	②	③	④
60	①	②	③	④
61	①	②	③	④
62	①	②	③	④
問題11				
63	①	②	③	④
64	①	②	③	④
問題12				
65	①	②	③	④
66	①	②	③	④
67	①	②	③	④
68	①	②	③	④
問題13				
69	①	②	③	④
70	①	②	③	④

合格模試　解答用紙

N1　聴解

第1回

受験番号 Examinee Registration Number		名前 Name	

〈ちゅうい　Notes〉

1. **くろいえんぴつ（HB、No.2）でかいてください。**
   Use a black medium soft (HB or No.2) pencil.
   （ペンやボールペンではかかないでください。）
   (Do not use any kind of pen.)
2. **かきなおすときは、けしゴムできれいにけしてください。**
   Erase any unintended marks completely.
3. **きたなくしたり、おったりしないでください。**
   Do not soil or bend this sheet.
4. **マークれい** Marking Examples

よいれい Correct Example	わるいれい Incorrect Examples
●	⊗ ✓ ○ ◎ ⊜ ⦶ ●

問題1

例	① ② ● ④
1	① ② ③ ④
2	① ② ③ ④
3	① ② ③ ④
4	① ② ③ ④
5	① ② ③ ④
6	① ② ③ ④

問題2

例	① ● ③ ④
1	① ② ③ ④
2	① ② ③ ④
3	① ② ③ ④
4	① ② ③ ④
5	① ② ③ ④
6	① ② ③ ④
7	① ② ③ ④

問題3

例	① ② ③ ●
1	① ② ③ ④
2	① ② ③ ④
3	① ② ③ ④
4	① ② ③ ④
5	① ② ③ ④
6	① ② ③ ④

問題4

例	● ② ③
1	① ② ③
2	① ② ③
3	① ② ③
4	① ② ③
5	① ② ③
6	① ② ③
7	① ② ③
8	① ② ③
9	① ② ③
10	① ② ③
11	① ② ③
12	① ② ③
13	① ② ③
14	① ② ③

問題5

1	① ② ③ ④
2	① ② ③ ④
3 (1)	① ② ③ ④
3 (2)	① ② ③ ④

合格模試　解答用紙

N1　言語知識（文字・語彙・文法）・読解

第2回

受験番号 Examinee Registration Number		名前 Name	

〈ちゅうい　Notes〉

1. **くろいえんぴつ（HB、No.2）でかいてください。**
   Use a black medium soft (HB or No.2) pencil.
   （ペンやボールペンではかかないでください。）
   (Do not use any kind of pen.)
2. **かきなおすときは、けしゴムできれいにけしてください。**
   Erase any unintended marks completely.
3. **きたなくしたり、おったりしないでください。**
   Do not soil or bend this sheet.
4. **マークれい** Marking Examples

よいれい Correct Example	わるいれい Incorrect Examples
●	⊗ ✓ ○ ◎ ◍ ⦶ ●

問題1				
1	①	②	③	④
2	①	②	③	④
3	①	②	③	④
4	①	②	③	④
5	①	②	③	④
6	①	②	③	④
問題2				
7	①	②	③	④
8	①	②	③	④
9	①	②	③	④
10	①	②	③	④
11	①	②	③	④
12	①	②	③	④
13	①	②	③	④
問題3				
14	①	②	③	④
15	①	②	③	④
16	①	②	③	④
17	①	②	③	④
18	①	②	③	④
19	①	②	③	④
問題4				
20	①	②	③	④
21	①	②	③	④
22	①	②	③	④
23	①	②	③	④
24	①	②	③	④
25	①	②	③	④

問題5				
26	①	②	③	④
27	①	②	③	④
28	①	②	③	④
29	①	②	③	④
30	①	②	③	④
31	①	②	③	④
32	①	②	③	④
33	①	②	③	④
34	①	②	③	④
35	①	②	③	④
問題6				
36	①	②	③	④
37	①	②	③	④
38	①	②	③	④
39	①	②	③	④
40	①	②	③	④
問題7				
41	①	②	③	④
42	①	②	③	④
43	①	②	③	④
44	①	②	③	④
45	①	②	③	④
問題8				
46	①	②	③	④
47	①	②	③	④
48	①	②	③	④
49	①	②	③	④

問題9				
50	①	②	③	④
51	①	②	③	④
52	①	②	③	④
53	①	②	③	④
54	①	②	③	④
55	①	②	③	④
56	①	②	③	④
57	①	②	③	④
58	①	②	③	④
問題10				
59	①	②	③	④
60	①	②	③	④
61	①	②	③	④
62	①	②	③	④
問題11				
63	①	②	③	④
64	①	②	③	④
問題12				
65	①	②	③	④
66	①	②	③	④
67	①	②	③	④
68	①	②	③	④
問題13				
69	①	②	③	④
70	①	②	③	④

合格模試　解答用紙

N1 聴解

第2回

受験番号 Examinee Registration Number		名前 Name	

〈ちゅうい　Notes〉

1. **くろいえんぴつ（HB、No.2）でかいてください。**
   Use a black medium soft (HB or No.2) pencil.
   （ペンやボールペンではかかないでください。）
   (Do not use any kind of pen.)
2. **かきなおすときは、けしゴムできれいにけしてください。**
   Erase any unintended marks completely.
3. **きたなくしたり、おったりしないでください。**
   Do not soil or bend this sheet.
4. **マークれい** Marking Examples

よいれい Correct Example	わるいれい Incorrect Examples
●	⊗ ✓ ○ ◎ ⊜ ⦶ ◍

問題1（もんだい）

例（れい）	①	②	●	④
1	①	②	③	④
2	①	②	③	④
3	①	②	③	④
4	①	②	③	④
5	①	②	③	④
6	①	②	③	④

問題2（もんだい）

例（れい）	①	●	③	④
1	①	②	③	④
2	①	②	③	④
3	①	②	③	④
4	①	②	③	④
5	①	②	③	④
6	①	②	③	④
7	①	②	③	④

問題3（もんだい）

例（れい）	①	②	③	●
1	①	②	③	④
2	①	②	③	④
3	①	②	③	④
4	①	②	③	④
5	①	②	③	④
6	①	②	③	④

問題4（もんだい）

例（れい）	●	②	③
1	①	②	③
2	①	②	③
3	①	②	③
4	①	②	③
5	①	②	③
6	①	②	③
7	①	②	③
8	①	②	③
9	①	②	③
10	①	②	③
11	①	②	③
12	①	②	③
13	①	②	③
14	①	②	③

問題5（もんだい）

1		①	②	③	④
2		①	②	③	④
3	(1)	①	②	③	④
	(2)	①	②	③	④

合格模試　解答用紙

N1 言語知識（文字・語彙・文法）・読解

第3回

受験番号 Examinee Registration Number		名前 Name	

〈ちゅうい　Notes〉

1. **くろいえんぴつ（HB、No.2）でかいてください。**
   Use a black medium soft (HB or No.2) pencil.
   （ペンやボールペンではかかないでください。）
   (Do not use any kind of pen.)
2. **かきなおすときは、けしゴムできれいにけしてください。**
   Erase any unintended marks completely.
3. **きたなくしたり、おったりしないでください。**
   Do not soil or bend this sheet.
4. **マークれい** Marking Examples

よいれい Correct Example	わるいれい Incorrect Examples
●	⊘ ◯ ◎ ⊖ ⦶ ●

問題1				
1	①	②	③	④
2	①	②	③	④
3	①	②	③	④
4	①	②	③	④
5	①	②	③	④
6	①	②	③	④
問題2				
7	①	②	③	④
8	①	②	③	④
9	①	②	③	④
10	①	②	③	④
11	①	②	③	④
12	①	②	③	④
13	①	②	③	④
問題3				
14	①	②	③	④
15	①	②	③	④
16	①	②	③	④
17	①	②	③	④
18	①	②	③	④
19	①	②	③	④
問題4				
20	①	②	③	④
21	①	②	③	④
22	①	②	③	④
23	①	②	③	④
24	①	②	③	④
25	①	②	③	④

問題5				
26	①	②	③	④
27	①	②	③	④
28	①	②	③	④
29	①	②	③	④
30	①	②	③	④
31	①	②	③	④
32	①	②	③	④
33	①	②	③	④
34	①	②	③	④
35	①	②	③	④
問題6				
36	①	②	③	④
37	①	②	③	④
38	①	②	③	④
39	①	②	③	④
40	①	②	③	④
問題7				
41	①	②	③	④
42	①	②	③	④
43	①	②	③	④
44	①	②	③	④
45	①	②	③	④
問題8				
46	①	②	③	④
47	①	②	③	④
48	①	②	③	④
49	①	②	③	④

問題9				
50	①	②	③	④
51	①	②	③	④
52	①	②	③	④
53	①	②	③	④
54	①	②	③	④
55	①	②	③	④
56	①	②	③	④
57	①	②	③	④
58	①	②	③	④
問題10				
59	①	②	③	④
60	①	②	③	④
61	①	②	③	④
62	①	②	③	④
問題11				
63	①	②	③	④
64	①	②	③	④
問題12				
65	①	②	③	④
66	①	②	③	④
67	①	②	③	④
68	①	②	③	④
問題13				
69	①	②	③	④
70	①	②	③	④

合格模試　解答用紙

N1 聴解

第3回

受験番号 Examinee Registration Number		名前 Name	

〈ちゅうい　Notes〉

1. **くろいえんぴつ（HB、No.2）でかいてください。**
   Use a black medium soft (HB or No.2) pencil.
   （ペンやボールペンではかかないでください。）
   (Do not use any kind of pen.)
2. **かきなおすときは、けしゴムできれいにけしてください。**
   Erase any unintended marks completely.
3. **きたなくしたり、おったりしないでください。**
   Do not soil or bend this sheet.
4. **マークれい** Marking Examples

よいれい Correct Example	わるいれい Incorrect Examples
●	⊘ ✓ ○ ◎ ◍ ⦶ ◉

問題1

例	①	②	●	④
1	①	②	③	④
2	①	②	③	④
3	①	②	③	④
4	①	②	③	④
5	①	②	③	④
6	①	②	③	④

問題2

例	①	●	③	④
1	①	②	③	④
2	①	②	③	④
3	①	②	③	④
4	①	②	③	④
5	①	②	③	④
6	①	②	③	④
7	①	②	③	④

問題3

例	①	②	③	●
1	①	②	③	④
2	①	②	③	④
3	①	②	③	④
4	①	②	③	④
5	①	②	③	④
6	①	②	③	④

問題4

例	●	②	③
1	①	②	③
2	①	②	③
3	①	②	③
4	①	②	③
5	①	②	③
6	①	②	③
7	①	②	③
8	①	②	③
9	①	②	③
10	①	②	③
11	①	②	③
12	①	②	③
13	①	②	③
14	①	②	③

問題5

1	①	②	③	④
2	①	②	③	④
3 (1)	①	②	③	④
3 (2)	①	②	③	④